JN316940

べ
庫

謎解きよりも君をオトリに

探偵・右京の不毛な推理

著者　来栖ゆき

マイナビ出版

NAZOTOKIYORIMO
KIMI WO OTORI NI

［目次］

イラスト…けーしん

プロローグ

「聞こえるか、奴は改札を抜けた。そのままホームに向かうはずだ、見逃すな」

耳元から聞こえる声に、彼は閉じていた目をそっと開いた。

「了解しました」

同時に、遮断していた周囲の雑音が耳へ流れ込んでくる。鳴り響く発車メロディ、叫ぶように注意喚起を促すアナウンス。周囲を行き交う通勤客は、手に持つスマートフォンを操作するのに忙しく、誰にも何にも興味を示さない。

そんな中、彼は集中力を極限まで研ぎ澄ませ、駅のホームで人の流れをじっと観察する。

しばらくするとある男《ターゲット》がふらりと現れた。ビジネススーツに薄手のコートを着ている、一見するとどこにでもいるようなサラリーマンだ。ただひとつ違う点を挙げるとするのなら、彼はスマートフォンでも電光掲示板でもなく、周囲の乗客を見回していることだった。

「ターゲット確認しました」

口元を手で覆いながらインカムのマイク部分に向かって呟くと、彼は「渋谷」と表示された柱から離れた。歩きながら左耳のイヤホンを差し直す。もちろん聞こえてくるのは音楽ではない。

「近づきすぎるなよ」

小型無線機からの忠告には答えず、他の乗客に紛れて混雑する朝の山手線に乗り込む。

視界の端に、今回のターゲットの姿をしっかりと捉《とら》えて――。

停車した電車から最後のひとりが降りるか降りないかのうちに、我先にと乗り込む乗客。ターゲットはその間を進み、いかにも大人《おとな》しそうな女性の背後に陣取った。何食わぬ顔をしながらコートのポケットに両手を入れている。

どうやらすでに〝獲物〟を決めていたらしい。その女性は、服装こそよく見えないが、目を閉じている横顔からは清楚《せいそ》で大人しそうな印象が窺えた。

カールした長い睫《まつげ》毛に派手すぎないナチュラルメイク。リップグロスを塗った艶《つや》やかな桜色の唇。美人というよりかは幾分かわいらしい印象を受けた。外見のとおり優しくて物静かな性格なのかもしれない。

頭部の高い位置に結った髪から零れる後《おく》れ毛《げ》に視線を向けると、そこには滑らかそうな白い肌と綺麗なうなじが見える。途端、ぞくりと背筋が震えた。腹の底から湧き上がってくるような欲望を身の内に抑えつつ、ぐっと息を詰める。

あんなものを見せられては、そのつもりがなくても十分そそられてしまうのではないか、と彼は思った。そして同時に興味を持った。説明のしようがない、あの惹《ひ》きつけられるような魅力について。

「っ――」

いや、今、必要なのは雑念ではなく集中力だ。

彼は一度目を逸らして深呼吸をすると、あとから乗車する客に押されるようにして、じりじりとターゲットの男ににじり寄った。

第一章

女神は涙を流さない

桜の蕾《つぼ》みがほころびはじめた雨の朝――。

四月初旬の電車は混雑するうえに遅延までしてくれる。その原因は、乗り継ぎに慣れていない新社会人が駆け込み乗車をするから、らしい。本当かどうかはわからないが、そんな通説を裏付けるかのように、今月に入ってから電車の遅延が多いのは確かだ。そしてそれが雨の日ともなれば、湿度上昇による不快指数も大幅に増える。

来週になれば春休みが終わり、多くの学生が通学のために電車を使い始める。きっと今よりも混雑するのだろう。

「ふあぁ……」

蓮水千代《はすみちよ》は欠伸《あくび》を噛み殺しながら、渋谷駅に到着した京王井の頭線から降りた。そのまま人の波に乗って山手線のホームへと移動する。

普段はもう少し早い時間帯の電車に乗り、会社近くのカフェで朝食を摂っているのだが、千代は今朝、寝坊をした。

もう起きるからと目覚まし時計を二度寝防止のアラームと共に止めてしまったせいで、いつもより一時間も遅い電車に乗る羽目になったのだ。この時間でも始業には十分間に合うのだが、到着した電車の様子を見て、千代ははあと嘆息した。

満員電車はあまり好きではない。

反対方向を走る外回り電車はある程度余裕があるのに対して、千代の乗り込もうとする内回りは悲惨な状況下にあった。ドアが開き、乗客が降りるのと同じタイミングで発車メロディが鳴り響く。二、三分間隔で運行する山手線のスケジュールは秒刻みなのだ。

まだ乗ってもいない電車の、ドアが閉まるというアナウンスを聞きながら、後ろに並ぶサラリーマンに押されるようにして乗り込むと、車内の中心付近へと移動する。

立ち止まったところで、千代は丁度いい位置の吊革を得ることに成功した。ひと駅ごとの間隔が比較的短い環状線は、立ち位置によっては電車が停車する度に人を避けたり場所を移動しなくてはならない。今日はこれで周囲に煩わされずに目を瞑《つむ》っていられるだろう。あとは降車予定の品川駅まで、湿度の高いこの車内でじっと耐えるだけ……。

二十三歳という若さにして職を替えること十回近くになる千代の今の勤務先は、品川駅近くにあるショールーム。

短大を卒業して正社員として入社した総合商社は、たったの一年で退職した。理由は上司との不倫をめぐる騒動に巻き込まれたこと。

実際は何もなかったにもかかわらず、突然上司の妻と名乗る女性が会社に怒鳴り込み、千代の頬を平手で打った。驚きとショックで唖然としていると、隠し撮りと思われる千代の写真と、腕を組んでホテル街を歩く男女の後ろ姿を映した写真を投げつけられた。後ろ姿の写真が似ているというだけでまったくの別人にもかかわらず千代だと決めつけたその女性は、千代を散々罵倒したあと、もっとも信頼していた上司である部長と、目の前で口論を始めたのだ。

もちろんその上司とは不倫関係ではない。だが、部下として気に入られているという自覚はあった。大勢いる部下のひとりである自分にも仕事はどうかと、気さくに声をかけてくれたのだ。

そんなこともあり、一度か二度ほどだが、ふたりきりで飲みに行くことがあった。だからといって、上司と部下以上の関係になどなるはずがないのだが、その不倫の噂は、居酒屋での目撃証言と共にあっと言う間に社内を駆け巡ったのだ。

当たり前だが、新人だった千代の方が分が悪かった。上司はことを荒立てたくないのか、それとも写真の女性を庇《かば》っているのか「若い女性の誘惑には勝てなかった」などと曖昧な発言をして、すべてを千代の責任とした。

入社一年目の新人と経理部長では信頼度は雲泥の差だ。あることないこと陰で囁かれた千代は辞表を提出し、自己都合退職の道を選んだ。仕事も覚え、やりがいを感じ始めた頃だっただけに、辞めるという選択をするのは辛かった。

しばらくして風の噂で耳に入ったのは、上司が離婚したということと、その半年後、総務部に在籍していた役員のご令嬢と再婚した、という話。本当の浮気相手は彼女だったのではないか、と今では容易に想像できる。それを初めて聞いたときは腹立たしかったけれど、迂闊《うかつ》な自分にも非はあったのだろう。そのときは、運が悪かったと諦めた。

しかし次に勤めた会社でも、その次の会社でも、恋愛関係の修羅場《しゅらば》やゴタゴタに巻き込まれて、居づらくなって辞めた。

それからというもの、堰《せき》を切ったように降りかかる災難――主に不倫や浮気騒動――に巻き込まれ、その度に転職を繰り返すことが続いた。履歴書の職歴欄に記載する項目が増えれば増えるほど、面接前の書類選考で落とされる確率が上昇する。就職難のこのご時世、転職回数の多さは命取りなのだ。いつしか正社員になることを諦めた千代は、短期雇用が売りの派遣社員となった。現在は契約期間が三ヶ月毎に更新となるショールームの受付嬢だ。

正社員とは違い、会社との繋《つな》がりも人間関係のしがらみも希薄な世界。気楽ではあるものの、学生時代に必死で取得した簿記検定も秘書検定もまったく必要のない職場には、若干の物足りなさを感じている。

電車に揺られながら嫌な出来事を思い出してしまった千代は、気分を変えるためにバッグの中からスマートフォンを取り出し、適当なアプリを立ち上げた。ちょっとしたニュースに目を通し天気予報を確認したあとは、今日の星座占い。

『今日のしし座――異性との思いがけない出会いがありそう！　午前中に会った人と偶然午後にも会えたら連絡先を交換してみて！　運命の相手かも』

なんだそりゃ、と心の中でツッコミを入れると、スマートフォンをバッグに戻して再び目を瞑る。目黒駅を過ぎてから、車内はいよいよ混んできていた。目的地はまだあと少し先……。

違和感を覚えたのは突然だった。

電車が大きくカーブしたタイミングでお尻に何かが押し付けられる。誰かの鞄だと思っていたそれは、ゆっくりと、そして確実に千代の臀部《でんぶ》を這いずり始めたのだ。

——痴漢。

世の中に蔓延《はびこ》る迷惑防止条例違犯者は、千代の外見から、黙って何も言えない大人しい性格だろうと勝手に解釈する。そのせいで満員電車では痴漢に遭いやすかった。だから普段は比較的すいている時間帯の電車に乗るのだが……。

こういうとき、いつもは相手の手をつねるか引っ掻くかしてギロリと睨みつけ『これ以上は大声を出すぞ』と無言の圧力をかけてやめさせていたが、今日は機嫌が悪かった。寝坊したうえに、湿度の高い満員電車内での痴漢行為に不快指数はすでに限界に達していたのだ。だから威嚇《いかく》も前置きもしなかった。千代は肩にかけていたバッグの中をごそごそと掻きまわし、ある物を摑み取る。

そして……。

「この人痴漢です！」

背後の手を摑んで周囲に見えるように持ち上げると、千代はよく通る声で叫んだ。すぐさま身体を半回転させて振り返り、摑んだ腕をたどって仰ぎ見れば、そこには黒縁メガネをかけた背の高い男の、驚愕の表情。

千代の意外な一面を見た男は大抵こんな顔をする。大人しいと思ったのに、騒がれるとは、といった表情だ。痴漢男は二十代後半から三十代前半くらいの、髪を左右に撫でつけたビジネススーツ姿だった。着古した感じのするスーツにもかかわらず胸元には綺麗なシルバーのピンブローチが光っている。言葉を失っていた男は数秒ののち、はっと我に返った。

「ち、違――」

「触りましたよね！　わたし、触ってた手にちゃんと目印付けましたから」

男の言い訳に被せるように畳みかけると同時に、手の甲が見えるように相手の腕をひっくり返した。叫ぶ前にバッグの中から取り出したリキッドタイプのアイライナーは、ＣＭで謳《うた》っていたとおり少しも擦《かす》れることなく、一本の黒い線を、千代の手首と摑んだ男の手の甲に描いてくれた。

運良く千代の手から逃《のが》れられたとしても、お互いの手に描かれた黒のラインによって、狭い車内でもこの男が痴漢だという証拠になる。ちなみにこれはウォータープルーフ仕様だ。

まさか自分が捕まると思っていなかったのか、男は焦ったように周囲を見回し始めた。今や、千代と男の周りには少しばかり空間ができている。千代の近くにいた数人の男性が巻き込まれることを恐れてあとずさったためだろう。

「だから違います！　私はただ、あなたを――」

「わたしを、何ですか？」

今さら言い訳を繰り返しても他の乗客からの冷たい視線は変わらない。痴漢逮捕は現行犯が鉄則だが、この男のように「やっていない」の一点張りで罪から逃れようとする者もいる。こういう時、犯罪を立証できる確かな証拠があると周囲を味方につけやすい。そのための方法として、犯人の手を摑んだタイミングで油性ペンなどで目印を付けておくと良い、と聞いてはいたが、まさかこうもうまくいくとは、千代自身も思っていなかった。この「確かな証拠《手の甲の黒いライン》」のお陰で、冤罪《えんざい》も成立しない。周囲の人は今や完全に千代の味方だった。

言い訳をすればするほど、自分の首を絞めることになる。それに気づいていないのならば、この男はとんでもなく愚か者だ。

千代は改めて男の顔を見る。メガネの奥に見える二重の瞳にすっと伸びた鼻筋。よくよく見れば端正な顔立ちをしている。髪型や服装を変えれば多少は男前に見えるだろうに、この男はなぜ痴漢という卑劣極まりない犯罪に手を染めたのか。

今日、千代にこんな真似をしたせいで、会社からは解雇され友人知人には後ろ指を差され、親兄弟には泣かれるのだろう。それが、この男がこれからたどる運命だ。

「次の駅で一緒に降りてくださいね！」

電車は減速し始めると同時に、止まるべくブレーキがかかる。朝のラッシュ時は大抵こんな荒い止まり方をするのだが、慣れている千代は吊革と男の腕を放すものかとぎゅっと摑み両足を踏ん張った。

「だから私ではないと――」

「いいえ、あなたです。だって、わたしを触ってた手をこうして摑んでるじゃない！」

「そうだぞ。君、いい加減にしないか」

千代が自信ありげな口調で訴えていると、横から声が割り込んだ。三十代半ばと思われるサラリーマンだ。そしてひとりでも味方がつけばあとは容易《たやす》い。それに同調するように周りの雰囲気が変わった。どちらが正義で、どちらが悪か――乗客の中ではすでに決まっていた。

こうして周囲を味方につけた千代は、痴漢男の手を掴みながら電車を降りた。一致団結した乗客が千代の行く道を開けてくれ、反対側には先ほど声をかけてくれた男性も付き添い一緒に降りてくれる。この様子に気づいた駅員がすぐさま応援を呼びながら駆け付け、交代するように痴漢男の両腕をしっかりと取り押さえた。

男は暴れることこそしないものの、延々と人違いだと駅員に話しているようだった。それも痴漢犯罪者とならないための常套句《じょうとうく》だろう。駅員も聞く耳など持たず、先を急ぐよう促していた。

「ふふん、正義は必ず勝つのよ！」

痴漢男の後ろ姿を眺めながら、千代は腰に手を当てて呟《つぶや》く。

そのときだった。自分の声など届かないだろうと高を括《くく》っていたのに男が突然振り返ったのだ。

絡み付くような視線で千代をじっと見つめる。その瞳に、千代の背筋がぞくりと粟立ち、なぜか心臓がどくどくと脈を打ち始める。

「君、大丈夫？」

「わあっ」

不意に話しかけられて、千代はびくりと振り返る。それは、先ほど一緒に電車を降りてくれた男性だった。

「えっ？　あ、大丈夫です。どうもありがとうございました」

「勇気があるね、格好よかったよ」

そう言って向けられた笑顔に思わずドキドキしてしまう。軽く手を振る男性に頭を下げたところで、千代は駅員に呼ばれてそのあとに続いた。

ふと星座占いを思い出し、ちょうど到着した山手線に乗り込もうとする男性の背中をちらりと振り返る。

「もしかして、さっきの占い……？」

もしも占いのとおり、あの人にもう一度会えたなら、名前と連絡先を聞いてみるのもいいかもしれない——千代は密かに思った。


「それにしても千代ちゃん、今朝は災難だったね」

企業向けの製品を展示するショールーム。入口の正面に位置する受付で、派遣仲間の佐《さ》藤《とう》真《ま》理《り》子《こ》が頬杖をついて言った。千代より十センチほど長い茶髪を綺麗に巻いた彼女は、美人と呼ばれる類《たぐい》の女性だ。しかもセンスが抜群に良いようで、会社から支給されている制服のスカーフはどうなっているのか、毎回おしゃれな結び方をしていた。

「ホントだよ、もう」

ファイルの端をトントン、と揃えながら、千代はため息をつく。

現行犯で痴漢を捕まえたあと、その足で警察署に行くことになり、調書の作成や被害届の提出などで半日が潰《つぶ》れてしまったのだ。

正社員と違い、派遣社員は時給制――つまり、電車が遅延しようと台風が来ようと、実際に働かなければ給料が出ないシビアな世界なのだ。

痴漢を捕まえたことに対する褒美がこれなのだから、たまったものではない。

「あたしだったら、ショックで会社来れないなぁ。捕まえちゃうなんて、千代ちゃん逞しすぎっ！」

「だって痴漢なんて許せないし、仕事しないとお給料もらえないもん」

「そりゃそうだけどさぁー」

真理子がまた何かを言おうと口を開きかけた時、入口の自動ドアが開き、来客者が現れた。ふたり揃って口を閉じ、ニコニコと作り笑いを浮かべる。

経験もスキルも必要のない受付の仕事は、指定された場所で愛想良く待機し、来客者を然《しか》るべき営業担当の元へ案内するだけ、という簡単で誰にでもできる退屈な仕事だ。しいて言うのなら、見た目の良い若い女性であれば誰でもかまわないらしい。

千代も容姿だけは認められたようで、ここでの勤務期間は今までの職歴の中でも二番目に長い八ヶ月目に突入していた。問題も起こしていないため、次の契約も更新されるだろう。

客を案内し終えて戻ると、千代はまた書類の整理をしながら真理子と他愛のないおしゃべりを再開する。

「あ、ねえねえ千代ちゃん、この前部屋の掃除してたらね、去年使いそびれた花火が出てきたの。夏になったら一緒にやらない？」

「え、去年の花火なんてしけっちゃってて使えないんじゃないの？」

「でも袋開けてないよ」

「そういう問題じゃ――」

「こらっ！」

小さな声で話していると、突然背後から声がかかる。

ふたりして肩を揺らしながら振り返れば、そこには社員で営業部の高梨《たかなし》と田島《たじま》がいた。

驚かせたことが嬉しいのか、声をかけた高梨がくっくっと笑っている。

「もう、人事部の人に注意されたかと思ったじゃないですか！　やめてくださいよ高梨さん！」

真理子が頬を膨らませながら怒った。

「ははっ、ゴメンゴメン。楽しそうなおしゃべりが聞こえてきたけど、何の話してたの？」

受付のカウンターに肘《ひじ》をついて、高梨が身を乗り出す。

「夏になったら一緒に花火やろうって話してたんです」

「へえ、花火か。いいじゃん、俺達も誘ってよ！」

「ダメですよ。女子会の延長なんですから。男子禁制です！」

クスクスと笑う真理子に合わせて高梨も笑顔を見せる。そして何かを思い出した様子で千代に視線を向けた。

「それより、聞いたよ千代ちゃん。今朝のこと……大丈夫？」

「あ、はい。大丈夫です。遅刻してしまい、すみませんでした」

「それは平気。朝から真理ちゃんが頑張ってくれてたからね」

高梨は女子社員のことを下の名前で呼ぶ。社内では女たらしで有名な人だった。見た目が肝心である営業担当にもかかわらず髪をダークブラウンに染めていて、でもそれがよく似合っている。細身の身体にブランド物の黒いスーツとカラフルなドットのネクタイは、男性向けファッション雑誌のモデルのようだった。

そんな人とは対照的に、田島は真面目で誠実そうなタイプ。グレーのスーツとネイビーのネクタイをきちんと着ていて、ニコニコと人当たりの良い笑顔を浮かべている。相反する性格と外見にもかかわらず、意外と馬が合うらしく、ふたりでよくコンビを組んでいた。

「同じ電車内で痴漢を捕まえてくれた人がいたんだろう？　よかったね。でも、しばらくは電車通勤も怖いよね」

田島が心配そうな面持ちで千代に尋ねた。

いるようだ。

どうやら人事担当へ簡単に伝えた話が広まっていたらしく、社内の噂では、そうなって

「ええ、まあ……ははは」

唯一真実を知っている真理子は、隣で笑いを堪《こら》えている。

余計なことを言わないでよ、と肘で小突くと、彼女はウインクをして軽く頷《うなず》いた。

「そうなんです、可哀想な千代ちゃん。慰めてくれる彼氏がいるといいのにね！」

そしてあろうことか、真理子はおかしな方向へと会話の流れを変えてしまったのだ。

千代は会社では、恋愛の話を極力避けていた。その理由は他でもない、恋愛絡みのトラブル防止のためだ。

「うっ、彼氏は……まだいいかな。今は仕事が楽しいし」

消極的な意見を言えば、高梨が驚いた顔をする。

「若いのにもったいないこと言うね！　そうだ、じゃあ俺、千代ちゃんの彼氏に立候補しちゃおうかな～」

「お前は先月結婚したばかりだろうが」

「ははっ、そうだった！」

田島に諫《いさ》められ、高梨が頭を掻きながら豪快に笑う。

ふたりが外回りに出かけると、千代と真理子は背後に気を遣いながら小声で話し、残りの半日を過ごした。

定時で仕事を終え、自宅の最寄り駅である吉祥寺で降りる。普段はスーパーで食材を買い足してから家に帰るのだが、この日は気晴らしに、と近くのファッションビルへ向かった。特に目的はなかったのだが、今朝起きた嫌なことを買い物でもして紛らわせたいと思ったからだ。

お尻をタダで触られて、半日分の給料を失って、威圧的な警察官からの数時間にも及ぶ事情聴取……一日も終わりに差しかかると、精神的にも肉体的にもクタクタになっていた。

欲しいものがなくても服やアクセサリーを見るだけで心が晴れていく。

「うーん、買っちゃおうかなあ……」

ウサギとネコのマスコットがついたストラップを見比べていた時、館内放送が耳に入り、千代はそちらに意識を向けた。自分の名前が呼ばれた気がしたからだ。

『――繰り返し、お客様のお呼び出しを致します。蓮水千代様、お連れ様の右京綺羅《うきょうきら》様がお待ちです』

「……え？」

ウキョウキラ？

知り合いにそんな名前の人物がいただろうかと首を傾げる。派遣社員としていろいろな会社に派遣されているうちに友人は増えた。今でも会う人もいれば、連絡先だけ交換して終わった人もいる。歩きながら念のため携帯のアドレス帳も確認したけれど、右京綺羅という名前は登録されていなかった。

「綺羅ちゃんなんて、友達にいたかなあ……っていうか、何でわたしがここにいるって知ってるんだろ。ひとりで来たのに」

会えば思い出すだろうかと考えながら、千代は指定された一階の受付前へと向かう。

「すみません、今、放送で呼ばれた蓮水ですけど……」

「お連れ様はあちらでお待ちです」

案内係の女性に手で示された方向へ目を向けると、そこには黒髪の男が立っていた。黒い細身のパンツにミリタリーブーツ、明るい色合いのブランド物らしいジャケットを身に着けていて、首元にゆるく巻いたストールの隙間からは綺麗な鎖骨が見え隠れしている。少し長めの前髪を右側に流した、まるでショップの店員かカリスマ美容師のようなその男は、千代に気づくと笑顔を向けて言った。

「千代さん、突然お呼びしてしまい、すみません。私から声をかけるより、あなたに来ていただいた方が、あとあと都合がよかったので」

「は、はあ……」

意味の分からない理由と共に、千代の名を呼ぶ魅惑的な声に、心拍数が自然と上がった。けれど、いくら考えても千代にはこんな素敵な男性の知り合いはいない。いや、そもそも下の名前で呼ばれるほど親しくしている男性さえいないのだけれども。

「あ、あの……失礼ですがどちら様でしょうか？　どこかでお会いしましたか？」

「はい、今朝」

「えっ」

今朝？　ショールームの来客者だっただろうかと記憶をたどるが、今朝は遅刻をしたのだから職場で会ったわけはない。痴漢の捕獲を手伝ってくれた男性とは明らかに別人だ。けれど、千代の名前を知っているということは——。

「あ、今朝の、駅員さんか、お巡りさん？」

「いいえ、違います。千代さん、本当に覚えていらっしゃらないのですか？　あのような衝撃的な出会いをしておいて、寂しいですね……」

彼は形のいい眉を少し下げた。その切なげな表情に、申し訳ない気持ちでいっぱいになる。

「ごめんなさい」

どうにかして思い出そうと彼の顔を凝視し、名前を心の中で反芻《はんすう》してみるが、記憶の何にも引っかからない。そのうち、ジャケットの胸元を飾るシルバーのピンブローチが目を引き、つい見入ってしまった。なんとなくだが、これには見覚えがあった気がした。

「いいのです、覚えていないのは仕方がありませんから。むしろ、これから知っていただければ」

「え、あ、でも、あの……」

戸惑う千代に、男は一歩、二歩と近づくと、不意に微笑んだ。

「ああ、やっぱりいいですね。その表情……苛《いじ》めたくなります」

「は？」

途端、手首を摑まれぐいと引かれると、賑やかな売り場を離れエレベーターの前を通過し、数メートル先のひとけのない階段の踊り場まで連れて来られてしまう。

「あのっ、急に何ですか!?」

立ち止まったと同時に摑まれていた手を振りほどくと、彼はくるりと振り返った。

「蓮水千代さん」

耳に心地の良い声で呼ばれる。

「は、はい……」

でも、近い。千代は距離を取るために数歩下がった。

「初めて出会ったとき……そう、あなたが私の腕に触れたあの瞬間――私の元に女神が舞い降りたのかと錯覚しました」

興奮気味に捲し立てる男は、千代の取った距離を長い脚であっと言う間に詰めてしまう。

勢いに気圧《けお》されてあとずさりをしているうちに、千代は壁際へと追い込まれた。

男の眼光は鋭く、けれど口元は美しいカーブを描いて微笑んでいる。一見するとどこにでもいそうな優男風《やさおとこ》ではあるものの、醸し出す雰囲気が普通とは違う気がする。

「えっと、あの……」

一分の隙も見られない様子に千代はたじろいだ。

「触れるだけで手折《たお》れてしまいそうな肢体、うっすらと涙に濡れた黒い瞳、奪いたくなるほど魅力的な唇……」

そう言いながら、千代の手を握る。

「このかわいらしい唇を力ずくで開かせて、舌を絡ませたくなります」

「ひっ――」

この人、やばい……直感的にそう感じた。

「あ、あの……ちょ、手を離してもらえませんか？」

身の危険を感じた。先ほどまでの胸のドキドキはすでに不安に変わり、どう逃げようかと考えながらも何とか感情を表に出さないよう、取り繕った声で言う。

「その怯《おび》えた声も、素敵ですね」

男は笑みを深め、千代の手を自分の頬に擦り付けた。

千代は背筋に冷たいものを感じながらじりじりと下がるが、ついに背中が壁に当たってしまう。もう逃げ道はないらしい。

「すごくいいです。……怯えるあなたを見ていると……私は、どうにかなってしまいそうです……」

その瞬間、千代の全身にぞわりと悪寒《おかん》が走った。

「や、やだ――」

男が距離を縮めると、とうとう向かい合わせに身体が触れた。千代の顔からほんの数センチ先にある恍惚とした表情に見つめられ、まるで蛇に睨まれたカエルのようにその場に縫い付けられる。

「千代さん」

男は、掴んでいた千代の右手を持ち直すと手の甲に唇を押し付けた。

「第一印象で決めました――どうか、囮《オトリ》になってください」

「……は？」
オ、オト……？
「オトリです」

男は端正な顔に笑みを浮かべて繰り返す。

「嫌です！」

パニックになり、叫び出しそうになるのを堪えて千代が言えたのは、簡潔な拒否の言葉だった。

「……千代、さん？」

男は断られると思っていなかったのか、二重《ふたえ》瞼《まぶた》に縁どられた濃灰色の瞳を大きく見開いた。この驚いた表情、どこかで見た覚えがあるような……。

「ああ、そうですね。すみません、順序が逆でした。あなたが驚くのも無理はない」

そう言うと、男は千代の両手を取った。

「私達の未来について、ホテルでゆっくりお話ししませんか？」

この時、千代は気づいた。

前髪を左右に分けて黒縁のメガネをかけさせてみると……。

「あ、ああっ！　今朝のっ――」

痴漢男、と続けようとした途端、唇を塞《ふさ》がれた。右京綺羅と名乗るこの男の唇で。


男運が悪いのかもしれないと気づいたのは、いつの頃だっただろうか――。

女子高、短大と花盛りの時期を女だらけの環境で過ごした千代が初めて男性と付き合ったのは、割と遅めの二十一歳のときだった。

初めてできた恋人は、およそ二ヶ月後に豹変した。なんといざ行為に及ぼうとしたとき、突然ロープを持ち出してきて、千代をそれで縛ろうとしたのだ。縛られて快感を得るような趣味を持っていなかった千代はこの男とはすぐに別れた。

次に付き合った男性とは社内恋愛だったけれど、残念ながらこの男も普通の趣味を持っていなかった。ドキドキしながら彼の家にお邪魔したあの日、彼の寝室には女性モノのコスプレ衣装がずらりと並べられており、セーラー服を着てみないかと提案された。千代はすぐさま踵《きびす》を返してタクシーを捕まえ、その日のうちに別れ話を切り出した。

自分自身に男運がないと気づき始めたのは、全社員の前で既婚者に求婚され、三回目の転職を余儀なくされたときだったと記憶している。

ふと気がつけば、いつしか千代の周りには甘い蜜の香りに惹かれる虫のように変わった性癖を持つ人間――いわゆる「変態」が集まった。

千代は彼らに気に入られ、迫られ、ときに無理矢理押し倒された。それが仕事中だろうと千代が拒絶しようと関係ない。

黙っていれば、大人しく従順に見えるらしい千代は、かなりの頻度でこういったトラブルに見舞われた。

そう、千代は男運のなさに加えて変態を引き寄せるという特異体質まで併せ持っていたのだ。

相手が独り身ならまだいい。しかしそうでない場合は、もれなく不倫や浮気の噂を立てられる。こじれた別れ話の巻き添えになることもあった。そのせいで、何度も職を替えてきたのだ。


「すみません、つい理性が……」

予告どおり、千代の口をこじ開けて舌まで絡ませてきたこの男も、きっと、いや絶対に変態に違いない。

唇を離すと、彼は頬を染めながら照れたように微笑んだ。キスの最中、抵抗しようと暴れる千代を、両手と自らの身体を押し付けて自由を奪っていたくせに、だ。

「は、離してくださいっ！　わたしはそういう趣味も束縛とかも興味ありませんから！」

「束縛？　縛られたいのですか？」

男の目がきらりと光った気がした。

「ち、違……だ、誰か！　ちか、んっ！」

大声で助けを求めようとした千代の口を、今度は唇ではなく手のひらで塞がれる。

「落ち着いてください、千代さん。私は痴漢ではありません」

本人の同意なくキスまでしておいて、この期《ご》に及んで痴漢ではないと言うのか。どう考えても変質者以外の何者でもない。口を塞がれたまま、千代は目でそう訴える。

「んんんっ！」

手足をばたつかせようとしても、男は力の差をまざまざと見せつけるように要領よく千代の抵抗を無効化した。

「聞いてください。私は今朝の電車で、羨ましくも——おっと失礼。無礼にも千代さんのお尻を撫で回していた狼藉者《ろうぜきもの》を捕まえようと手を伸ばしただけです。そのとき、あなたが間違えて私の手を。警察の方にもきちんとお話しして納得していただきましたので、こうして釈放されました。ほら、現行犯逮捕の当日に釈放なんてありえないでしょう？」

確かにそうかもしれないけれど……。

身体の力を少し抜くと、それに合わせて男も拘束する力を弱め、千代の口から手を外した。

「ホント……なんですか？」

「それでは証拠を提示しましょうか？」

千代は疑わしい目を向けつつも、こくりと頷いた。

「いいですか、まず私とあなたの身長差から考えると、お尻を触るためには不自然な格好になってしまいます。私は約百八十センチ、千代さんは……」

「えっと、ヒールを含めて、今は百六十センチくらいです」

千代が素直に答えたのが嬉しいのか、彼は目を細めて微笑んだ。

「ええ、ではここで並んだらおわかりになりますよね。あなたのその位置にあるお尻に触るのなら、こうして――」

言いながら右京は顔を近づけた。千代が少し背筋を伸ばせばキスができてしまいそうな距離だ。先ほどの出来事を思い出し、千代はびくりと肩を震わせる。

それを見逃さなかったらしく、彼は捕食者のような笑みを浮かべた。目は獲物を追うように千代の唇を一瞬だけ捉え、またすぐに戻る。何を企んでいるのだろうか、少し開いた口から白い歯がちらりと覗いた。

「……前かがみにならないといけないのです。あの混雑した車内でこの体勢を取るのは、明らかに無理ですよ」

そう言われてみれば、この身長差では難しいかもしれない。

「で、でも……」

言い訳を探しながら千代は押し黙った。この男の言っていることが正しい。矛盾点が見つからない。それに警察が釈放したのならきっと彼の言うとおりなのだろう。

「それは……間違えてしまって、すみませんでした」

千代は誤認したことを素直に詫びた。

「納得していただけたようで何よりです」

冤罪って怖いですね、などと微笑む姿はまるで、いい天気ですね、と言い出しそうなほどさわやかで清々しかった。普通なら怒るところではないのだろうか。

「では本題に入りますが――」

そう言って彼はジャケットの内ポケットから名刺を一枚取り出す。

「私、花園《はなぞの》探偵事務所で探偵をしております、右京綺羅と申します」

「探偵さん、ですか……」

渡された名刺に視線を移しながら千代は呟く。光沢のある紙にHanazono Detective Bureauと英語で書かれたオシャレな名刺は、探偵事務所というよりＩＴ企業のようだ。

「実はあのとき、クライアントの依頼でターゲットである痴漢犯罪者を捕まえる予定でした」

「探偵って、そういう仕事もするんですか？」

「ええ、依頼があれば」

「殺人事件じゃなくて、痴漢の犯人を追うんですか？」

「かわいいなぁ、千代さん。ふふ……テレビドラマの見過ぎですよ、探偵は殺人事件なんか追いません。それは警察の仕事です」

「はあ……」

けれど、どうにも腑《ふ》に落ちない。

「その人が痴漢だってわかっているなら、それこそ警察の仕事じゃないですか。警察に逮捕してもらうべきなんじゃないですか？」

「そう簡単にはいかないのです。痴漢犯罪です。痴漢行為は誰が犯人かわかっていても物的証拠が出にくいのが、そして被害者の証言だけでは犯行が立証できません。そのため、どうしても現行犯での逮捕が必要となってしまう。今朝、私は通勤客に紛れて男の動向を探っていました。そして男があなたに痴漢行為を働こうとしていることに気づき、犯行に及ぶのを待っていたのですが……今回は残念ながら取り逃がしてしまいました」

「そうだったんですね……お仕事の邪魔をしてしまってすみません……」

どうして今朝と印象が違うのかと疑問だったけれど、右京は仕事で痴漢を捕まえるために、どこにでもいそうなサラリーマンに変装して電車に乗り込んだのだろう。そして痴漢男を現行犯で捕まえるはずが、彼が伸ばした手を千代がタイミングよく摑んでしまった。

ふと視線を落とすと、右京の手にはまだ黒いラインがうっすらと残っていた。石鹸《せっけん》で擦ったのか若干薄くなってはいるものの、ウォータープルーフ仕様の化粧品は、専用のクレンジングオイルを使用しなければしっかりと落とせない。

「それにしても千代さんはとても勇敢ですね。躊躇《ためら》うことなく私を痴漢として駅員に突き出すなんて」

「え？　ええ、まあ……」

「まるで無害でかわいらしい仔ウサギかと思ったら、爪を立てる愛らしい仔ネコだったという驚きです。こういうの何て言うんでしたっけ？　ギャップ萌え？」

「あ、いや……」

仔ウサギと仔ネコ……？　結局どちらも大して変わらないのでは、と思ったが、千代は黙って壁伝いに横へ数歩避けた。いい加減、壁際に追い詰められているという状況から抜け出したかったのだ。

「外見から大人しい方だと思っていたので、あのときは驚いて言葉を失ってしまいました」

「そ、そりゃ……だって、卑劣な犯罪者は許せませんから」

確かに千代は見た目に反して活発な性格をしていると言われる。が、千代をよく知らない男性によると、自分はありえないほどの淑女フィルターを通して見えているらしい。そう、かわいらしく儚《はかな》げで従順、内気で大人しくて気弱そうな女性に。

けれど千代は見た目ほどおしとやかな性格ではなかった。

どちらかといえば行動的で、家でじっとしているよりは出歩く方が好きなタイプ。几帳面で綺麗好きな部分は女性らしいと言えるかもしれないが、売られた喧嘩は買う主義だ。そして、実は勧善懲悪の時代劇が大好き。

悪行は許せない性格ゆえ、痴漢相手にも怯《ひる》まないが、今回はそんな性格が災いしたようだ。

「なるほど……ますます魅力的な方だ。まさしくオトリにふさわしい」

羨望の眼差しで見つめられているのは、きっと間違いではないのだろう。千代は熱視線を避けるように俯いた。

「あの、右京さん。さっきからオトリオトリって何ですか？　わたしは――」

不意に千代の視界が暗くなった。不思議に思って顔を上げると、すぐそこに右京の顔がある。

「きゃああっ！」

「お願いします千代さん！　もう一度私の名前を言っていただけませんか？」

「はあ？　な、何ですか、急にっ」

「ああ……申し訳ありません。どうも千代さんには惑わされてしまいますね」

右京は名残惜しそうに千代から少しだけ離れると、コホンと軽く咳ばらいをする。

「はい、千代さんに痴漢を捕まえるためのオトリ捜査に協力していただけたらと思いまして」

「いや、あの……悪いんですけど、オトリとかよくわからないし、わたしは探偵じゃなくて一般人です。演技とかできないですから」

「おや、今のは演技ですか？」

「え？　いえ、違いますけど」

右京は千代をじっと見つめる。

「それはそれは……恥じらいつつも、そうやって上目遣いで男心を惑わせて――」

そのまま千代の顎に手を置き、くいと無理矢理上を向かせた。

「興味がないなどと嘯《うそぶ》きながら、相手から口説くよう仕向けるとは……」

千代の顎から移動した長い指が、触れるか触れないかの距離でつつつ、と頬を撫でる。官能的な瞳で見つめられて、千代の背筋がぞくりと震えた。

「私は十分そそられますよ。だから、ね？」

「は、はい――い、嫌ですってば！」

同意を求められ、つい頷いてしまうところだった千代は、ぶんぶんと首を振る。

「ああ、いい匂いがします。シャンプーですか？　それとも千代さんの体臭でしょうか？」

右京は千代の首筋に顔を近づけると、思い切り息を吸った。

「ちょ、やめてください！　とにかくオトリなんてお断りします！」

千代は右京の肩をぐいと押して腕の長さ分の距離を取りながら、はっきりと言い放った。変態相手には誤解のないようきっぱりと言う必要がある。「結構です」などと言えば、相手に都合のいい解釈をされかねない。千代は以前にも経験済みなのだ。

「そう、ですか……仕方がありませんね」

右京は何か考える素振りを見せてから、すぐに千代に向き直る。

「ところで千代さん、私を痴漢と間違えましたよね？　これって冤罪ですよ。とても傷つきました」

「そ、それはさっき謝ったじゃないですか。それに釈放されたのなら無罪ってことですよね？　よかったじゃないですか！」

「謝罪だけで済むと？　千代さん、名誉毀損《めいよきそん》って言葉、知ってます？」

「え……？」

笑みを深める右京は、何かを企んでいるような顔に変わっていた。

「痴漢冤罪の名誉毀損で、私があなたにどれほどの慰謝料を請求できるかご存知ですか？　探偵という仕事上、クライアントに紹介することもありますので、私には有能な弁護士の知人が多くおりまして——どうします？」

「や、でも……」

「あなたが快く承諾してくださるのなら、私は提訴しません」

「て、提訴って……」

「無実の人間を痴漢だと訴えて、それが冤罪だったら？　ひどい話ですよね。もちろん痴漢に遭ったあなたも被害者だというのはよく存じております。ですが、あなたが私を痴漢だと騒ぎ立て、周囲はそれを信じた。私はとても名誉を傷つけられました。けれども、いかがでしょう？　オトリになっていただければいいのです……さあ、そのかわいい唇で、私に承諾の言葉を囁いて」

——そうすれば楽になりますよ。そんな脅し文句が聞こえた気がした。

「……き、協力……します……」

よかった、と微笑む彼を、悔しさと怒りのこもった目で睨む。今の千代にはそれくらいの反抗しかできないからだ。

「おや、私を挑発しているのですか？　いいですよ、その挑発に喜んで乗りましょう」

千代の背中に手を回し、抱きしめようとする。

「ち、違います！　やだ、もうっ、離してください！」

逆効果だったようだ。

「では話がまとまったところで、ご一緒に食事でもどうですか？　私は冤罪の被害に遭ったことですし」

脅せば千代が言うことを聞くことに快感を覚えたらしい右京が、満面の笑みで言った。提訴されたくなければ食事を奢《おご》れと言っている。

千代は諦めたようにため息をついた。

「わかりました、お供します……」

ひとけのない踊り場から移動したふたりは、近くのエレベーターに乗り込み、最上階にある洋食レストランへと向かった。

平日だが夜七時ということもあり、店内はほどよく混雑している。これだけ人目があれば、この男も千代を押し倒したりキスを迫ることはしないだろう。

対面して座っているだけなのに全身の毛穴が開く感覚が拭《ぬぐ》えず、千代は身体をもぞもぞと動かした。探偵だとかオトリ捜査だとか、聞いた話が突飛すぎてついつい忘れかけていたが、彼は初対面のその日に千代の自由を奪い無理矢理キスをしてきた。そんな男と食事だなんて、拷問《ごうもん》にも等しいくらいだ。

しばらくして運ばれてきたペンネ・アラビアータは、ゴムを嚙んでいるようで味がわからなかった。

右京はハンバーグプレートを頼んだようで、綺麗な仕草でナイフとフォークを扱っている。そして時折、千代のことを獲物を狙う肉食動物のようにじっと見つめた。何かを飲み込むタイミングで動く喉元から目を離さないのだ。草食動物になった気がして生きた心地がしない。

「千代さん」

「うわ、はいっ！」

「何かお話でもしながら食事を楽しみませんか？」

この時間を楽しむ気力もない千代は、適当な話題を振ることにした。

「えっと、あの、じゃあ……痴漢逮捕の依頼をした人ってどんな――」

「クライアントについてはお話しできません。守秘義務がありますから」

千代の質問に被せるように右京が答えた。

「でも……協力するからには、最低限の情報は聞きたいです。それさえも教えてくれないんですか？」

せめて最後まで質問内容を聞いてくれてもいいではないかと思いながら、千代は食い下がった。こんなところでも負けず嫌いな性分が出てきてしまうらしい。言ってから無礼な振る舞いだっただろうかと気づき、身を固くして待っていると、右京は諦めたように軽く首を振った。

「……仕方がありませんね。クライアントの個人情報はお教えできませんが」

そう前置きして説明を始める。

「あの男は痴漢常習犯です。もちろん逮捕歴もあります。男は数週間前、電車内である女性を執拗に追いかけ回しました。彼女に痴漢行為を働き、それをビデオに収めたと言っているようです」

女性はそれをネタに脅されていた。誰かに話して、もしも警察が動くようなことがあれば、顔が映っている動画をネットに流すと言われたのだ。逃げ道を失った彼女は、藁《わら》にもすがる思いで探偵事務所のドアを叩いた。

「警察に相談することもできず、最終的に我々の事務所に来ました。穏便に済ませてほしい、と。だから彼女以外の女性に痴漢行為を働いた瞬間を狙って捕まえることになったのです。彼女と、痴漢された女性……この場合は千代さんですが、因果関係は証明されませんからね」

「そう、だったんですか……」

「その女性は怯えています。彼女に対する強制わいせつ罪や脅迫罪を元に男を逮捕することができても、たった数年で刑務所から出てくるでしょう」

彼女はそのあとの報復を恐れているのだろう。

「ですが、男が別の痴漢事件で逮捕され、家宅捜索が行われれば、必然的に余罪も露《あら》わになります。そうなれば彼女は解放されます。関わっているとは思われませんから逆恨みもされません」

「ちょ、ちょっと待ってください！　じゃあ、わたしが捕まえたら、今度はわたしが逆恨みされちゃうんじゃないですか!?　そんなの困ります！」

「ええ、だから千代さんは何もしないでください。私が捕まえます。そのためのオトリですから」

「そ、そんな……それにわたし、今朝その人と会ってるんですよね？　顔バレてるじゃないですか！」

千代はその男の目の前で、右京の手を取って車内で騒いだ。男が千代の顔を覚えていないはずはない。

「問題ありません、顔を合わせたのはあのときだけですし、化粧と髪型と服装を変えさえすれば、女性は別人のように変わります」

「そんな、髪型や服装を変えただけで――」

ふと今朝の右京を思い出した。冴えないサラリーマンだと思っていた彼は、服装と髪型を変えただけでカリスマ美容師風の外見に変わっていた。

なるほど、髪型と服装で何とかなることは理解できた。

「でも……」

そんなことを言われても、嫌なものは嫌だ。もしも顔を覚えられていて、痴漢男が今度は千代に復讐をしにきたらどうしてくれるのか。それに、このオトリ捜査が失敗したら？

「彼女はその男のせいで、電車に乗ることに恐怖を感じています。仕事もずっと欠勤していいます。人生を滅茶苦茶にされた被害者なのです。だから、あの男は必ず捕まえなければいけません」

右京の声は硬く冷たかった。

トイレに立った千代は、上半身が映る大きな鏡を見つめた。そこには見慣れた自分の姿が映っている。

千代は自分の顔が好きではなかった。もう少し性格に見合った気の強そうな外見であったなら……鏡の前で何度思ったかわからない。クールビューティーと呼ばれる女優やモデルに憧れて化粧や髪型を真似したこともあったが、女友達に似合わないと笑われて終わった。

この嫌いだった外見が、今度は役に立つらしい。

「はぁ……」

千代はため息をついて、手を水で濡らした。

上着は椅子にかけたままだが、バッグは手元にある。このまま逃げてしまおうか、という思いが脳裏を過った。けれど、右京の真剣な表情を思い出すと、どうしても二の足を踏んでしまう。

「変態っぽいしキスしてきたし、油断のならない人だけど、悪い人では……ないのかも」

自分に言い聞かせるようにぽつりと呟く。

被害女性のことを話す右京は、まるで自分のことのように憤《いきどお》っていた。彼女を救いたいという気持ちが、熱意が千代にも伝わってきた。

卑劣な犯罪を許せないと思うのは千代も一緒だ。

それに、痴漢被害に遭っても千代のように声を出せない女性がいることも理解している。仕方がない、面倒くさいとなかったことにできる人もいれば、怖くて外に出られなくなるほどショックが大きい人もいるのだ。

人生を滅茶苦茶にされた被害者──右京の言葉を聞いて、千代の胸が微《かす》かにざわめいていた。

今朝、思い出してしまった苦い記憶が再び蘇る。

もしも上司の優しさに甘えなければ。もしも上司とふたりで飲みに行かなければ。もしも、あの写真は自分ではないと最後まで訴え続けていたら……今頃は、楽しくてやりがいを感じていた仕事を続けていられた？

怒鳴り込んできた上司の奥さんが、写真に写る女を千代だと勘違いしなければ──。自分だって、人生を滅茶苦茶にされた被害者だ。

あの事件を発端《ほったん》に、千代は職を転々とする羽目になった。いや、この変態を引き寄せる体質のせいで別の問題に巻き込まれていたかもしれないけれど……。仕方がなかった。自分の運が悪かった――。そう思い込み、自分の中で完結させた。

「でも――」

過去は変えられない。けれど、この先の未来は自分の選択次第で変えられる。たとえ、自分とは無関係の人の未来だとしても。


戻ると、食後のコーヒーが用意されていた。立ちのぼる香りが千代の鼻腔をくすぐる。千代が席を外している間に、右京が追加注文をしてくれていたらしい。

「勝手に注文してしまいましたが、コーヒーはお好きですか？」

「はい、ありがとうございます」

千代は黙ったまま熱いコーヒーをすすった。

「決心してくれたんですね？」

声をかけられ、顔を上げる。

「顔つきが変わりました。何かを決意したように見えます」

延々と断り続けた手前、どう引き受けようかと迷っていた千代は、コーヒーカップを置くと、目の前の右京を見据える。

「はい、右京さん。わたし、その痴漢男を捕まえたいです！」

卑劣な犯罪者の餌食《えじき》になっているその女性を不憫に思った。彼女の未来を明るいものに変えてあげたいと思った。もしも自分に、そんなことができれば、だけれども。

「その女性を助けましょう。わたし全力で協力します」

「ああ、千代さん……」

右京は、今までの変態行為をなかったことにしてしまいそうになるくらい、眩しい笑顔を見せた。

テーブルの上で組んだ千代の手に、そっと彼の手が重なる。

その瞬間、千代の心臓がとくん、と弾んだ。

「脅されて言うことを聞く健気な千代さんも素敵ですが、名も知らぬ誰かのために闘志を燃やす千代さんも……この場で押し倒してしまいたくなりますね」

千代は右京の手の下から自分の手をさっと引き抜いた。念のため、お絞りで丁寧に拭う。

しかもこの男、どうやら千代を脅しているという自覚はあるらしい。

「じ、じゃあ、これで話は終わりですよね。わたし、オトリ捜査には協力します。でも一度だけですから。約束してください、今回限りです！」

「わかりました。次は仕事抜きで、プライベートでお誘いを、ということですね？」

「違います！　何でも都合良く解釈しないでくださいっ」

「冗談ですよ。千代さん、よくからかわれるでしょう？」

「……もう、知りませんっ！」

右京の鋭い指摘に千代は思わず声を上げた。

被害者女性の経緯《いきさつ》を話す姿を見て、危うくほだされてしまうところだった。一瞬でもまともな人間に見えたのはただの幻覚だろう。

右京の真面目な表情に少しだけドキドキしてしまった自分を心の中で叱りつけながら立ち上がると、椅子にかけたスプリングコートを手に持つ。

「あれ……」

テーブルにあったはずの伝票を探すが見つからない。

首を傾げている千代の手を握ると、右京はそのままレジを素通りした。店員が「ありがとうございました」と頭を下げたところで会計がすでに済んでいたことに気づく。

「もしかして、右京さんが支払ってくださったんですか？　わたしてっきり……」

千代がトイレへ、と席を外した隙に右京は食後のコーヒーを頼み会計を済ませていた。

「女性に食事の代金を支払わせるほど、私は地に落ちてはいませんよ」

エレベーターのボタンを押した右京は笑顔で振り返る。

「あの、でも……」

奢れと脅したのではなかったのかと思いつつも、その前に言うべきことがある。

「ありがとうございます。ごちそうさまでした」

「おや、お礼はそれだけですか？　デザート代わりの口づけは？」

無人だったエレベーターに乗り込み扉を閉めると、右京は防犯用のカメラを背に、千代を囲い込むように壁に両手をついた。

「そ、そ、それだけですから！」

「とても残念です」

彼は静かに呟くと、睫毛が一本ずつ数えられそうな距離で千代の髪をひと房掬《すく》い、そっと口づける。

「甘いものは別腹、ですが……今はこれで我慢しますね」

色香を感じてたじろぐ千代を、右京は目を細めて流し見る。どうしてこの男は色気の無駄遣いをするのだろうと思いながら、だんだんその視線を直視できなくなった千代は、下を向き髪で顔を隠した。

「千代さん……その反応、とても素晴らしいですね。もっと苛めたくなります」

「だ、だから……そうやってからかうのやめてくださいってば！」

右京はそれを見て満足したらしく、千代から少しだけ離れた。

どうやらこの変態は千代を辱《はずかし》めて困らせることに喜びを感じるらしい。うれしそうにニヤニヤしている。ニコニコではなくニヤニヤなのがなおさら変態くさい。

「さあさあ千代さん。もう暗いですからね、家までお送りしますよ。夜道に変質者が現れたら危険ですから」

「いや、あの……そっちの方が逆に怖いんですけど、むしろもう現れてるっていうか……」

千代の言葉が聞こえていなかったのか右京は楽しそうに歩く。家まで送る気満々のようだ。

自称探偵の右京に身の危険を感じつつ、ふたりは明るい駅前を離れ、住宅街へと続く夜道を歩き出した。万が一の場合に備えてすぐ反応できるように隣を歩く右京に意識を集中させる。

「この道は人通りも少なく暗いですね」

「そう、ですか？」

だから何だというのか。少しばかり低く聞こえた声に不安を感じて右京をちらりと見上げる。彼は道を覚えようとしているのか、油断なく辺りを見回していた。

それとも……本気で変質者が現れることを危惧《きぐ》しているのだろうか。

「わたしは静かでいいと思いますけど。それにほら、暗いから月とか星が綺麗に見えるんですよ」

そう言って千代は空を見上げる。けれど月明かりは感じるものの、残念ながら月自体はどこにあるのか確認できなかった。

「上にばかり気を取られて歩くと危険ですよ」

不意に肩を抱かれて路肩に押される。

「きゃ――」

身の危険を感じた瞬間、眩しいヘッドライトと共に車が一台走り去った。

「ほらね、言ったでしょう」

「す、すみません」

「いいえ」

微笑むと、右京は立ち位置を入れ替え、先ほどと同じ距離を保ちながら千代の横を歩き始めた。今度は車道側を歩いてくれている。

紳士的な行動に驚いて千代は目を瞠《みは》った。

「どうかされましたか？」

「いえ、なんでも……」

「千代さん、いいですか。バッグは歩道側に持つのが鉄則ですよ。でないと背後から簡単に引ったくられてしまいます。それに、スマートフォンを操作しながらや、音楽を聴きながら歩くのは、人の気配に気づくのが遅れて大変危険ですから、おやめくださいね。千代さんはとてもかわいいのですから」

「は、はあ」

なるほど、と千代はバッグを反対の肩にかけ直した。

「とても素直なのですね。これは調教のしがいが……いえ、何でもありません」

前言撤回《てっかい》だ。少しだけ間合いを取りながら、千代は警戒を怠らずに横を歩いた。十字路を左に曲がり、一方通行の路地を進む。そこで突然思い出した。

「あ、そうだ、わたし被害届出したままでした！」

早めに管轄の警察署に連絡をして、届を破棄してもらわなければならない。とは言っても、本人が釈放された場合はどうなのだろうか、と千代は右京に視線を向ける。

「その件なら問題ありません。代わりに取り下げておきましたので」

「そうでしたか、何から何までお手数おかけしてしまって……あれ、本人以外でもそんなことできるんですか？」

「やだなあ千代さん、本人以外ができるわけないじゃないですか」

右京は笑顔で答えた。

「え、だって、だって……どういうことですか？」

「どうもこうも……なんて言えばわかりますかね」

右京は思案顔で視線を彷徨《さまよ》わせたあと、千代に向き直る。

「普通は逮捕された場合、罪を認めようと認めまいと四十八時間は留置場などに拘束されるものです。それなのに私がここにいるということは……」

「と、いうことは……？」

「ふふ……これ以上お話しすると、千代さんが悪の組織に狙われてしまうので内緒にします」

右京は人差し指を自分の唇に当てて妖艶に微笑んでみせた。冗談なのか本気なのかわからない返答に千代は言葉に詰まり、結局「わかりました」とだけ返すに留めた。

それから十五分ほど歩いて、赤レンガの外装をした十階建てのオートロックマンションに到着した。

「右京さん、送ってくれてありがとうございます。それで、あの……」

マンションのエントランスで立ち止まり、少し迷った挙句、千代は声を落として切り出した。

「時間は取らせませんので、部屋の前まで来てくれませんか？」

「ええ、それはかまいませんが……」

さっさと済ませてしまおう、と千代は急いで廊下を進み、二階にある部屋の前で足を止めると、バッグから鍵を取り出してドアを開けた。

「出会ったばかりだというのに、めくるめく甘い夜を期待してもいいのでしょうか？」

急いで玄関の明かりを点《つ》けたところで、背後に立つ右京が静かに囁いた。

「今日、出会ったのは運命だったのかもしれません。忘れられない夜にしますね」

「なっ、何言ってるんですか！　変な勘違いしないでください！　あ、靴は脱がなくていいです。上着も脱ごうとしないでください。そこはシューズボックスですから勝手に開けないで!!　もう右京さん、お願いですからここで何もしないで待っていてくださいっ！」

千代は右京の行動をすべて止めると、パンプスを脱ぎ捨て洗面台へと走った。無造作に並べてある瓶の中からクレンジングオイルとコットンを取り、急いで玄関に戻る。

先ほどと変わらない、直立の姿勢で待っていた右京を見てほっと息を吐いた。

これ以上、自分の部屋を物色されないうちに用事を済ませてしまわなければ。

「手、出してください。アイライナーはこれで落ちますから」

オイルをコットンに軽く含ませると、右京の手を取り、そこに残る黒い線を優しく擦り取る。数回往復すると線は溶けるように消えていった。

「すごいですね、擦っても落ちなかったのですが……」

「ウォータープルーフですから。汗や涙では落ちないんです。化粧落としのクレンジングオイルを使わないとダメなんですよ」

「そのようですね、綺麗になりました。ありがとうございます」

微笑む右京の手が千代の頬に触れる。その場に突っ立ったまま千代をじっと見下ろして動かない。

「あの、これでもう用は済みましたから……右京さん？」

「ねえ千代さん……送りオオカミって知ってます？」

手はそのままに、彼は顔を寄せた。

「知り合って間もない男に家まで送らせたら、自宅の場所が知られてしまいますよ？　それに、こうやって他人を、たとえ玄関でも上げてはいけません。でないと……」

抵抗する前に千代の腰に手が回り、右京の顔が近づいた。

「ちょ、冗談はやめっ――」

「ね？　大変なことになるでしょう？　さあ、私が出たらすぐに鍵をかけてください。もちろんチェーンもですよ。女性のひとり暮らしは危険がいっぱいです。オートロックと言えど、注意を怠ると思わぬ犯罪に巻き込まれてしまいますのでね」

「わ、わかりました。以後、気をつけます……本気で」

また連絡します、と右京は笑顔を向けて帰っていった。

「携帯番号教えちゃったけど……大丈夫かな」

部屋にひとり残されると、千代は言われたとおりドアの鍵とチェーンロックをかけた。念のため、窓の鍵が施錠されているかも確認してから、カーテンを少し捲《めく》り、恐るおそる外の様子を覗き見る。もしかしたら右京がいるかもしれないと思ったからだ。

路地に誰もいないことを確認したところで、安心したように息を吐いた。

「右京さんはあんなこと言ってたけど、念のため確認してみた方がいいよね」

千代はバッグからスマートフォンを取り出して管轄の警察署に電話をかけてみる。聞いたとおり、被害届はすでに取り下げられていると言われただけだった。

「取り下げは本人か委任した弁護士じゃないとできないって注意受けたのに、右京さんって……ナニモノ？」

スマートフォンを見つめながら疑問を口に出す。

最初はただの――いや、かなり危険な変態かと思った。けれど職業は探偵らしい。そして、依頼人である被害者女性のことを話す彼は、まるで自分のことのように腹を立てていたように見えた。

人の不幸を笑う人間は数多くいるが、同調して憤る人間はごく少数だ。

「ホントのホントは……正義の味方だったりして」

正義の味方――そう考えると自然と笑みが深まる。

オトリ捜査に不安はあるが、それで犯人が逮捕されればきっと千代も正義の味方になれる。

それに気を取られて少し油断していた。

「おはようございます、千代さん」

玄関のドアを開けると、右京がいた。

「……今、何時だと思ってるんですか。何の用ですか？」

インターホンで起こされた千代は、開口一番不機嫌な声で言った。

当たり前だ。土曜の朝八時ともなれば、いつもならまだ夢の中にいる時間なのだから。

しかし右京はそんな千代の休日のスケジュールなどおかまいなしに、まばゆいばかりの笑顔を向けて「会いたくて」とだけ呟いた。

「そうですか、では――」

寝起きがあまり良いとはいえない千代はぶっきらぼうに答えると、二度寝をするため、右京の眼前でドアを引く。けれど彼は靴を差し込んでドアが完全に閉じるのを遮った。

「なぜ中に入れてくださらないのですか？」

言いながら、十センチほど開いたままのドアに手を差し入れ、ぐいと引いた。

「わっ！」

少しよろけたものの、かろうじて体勢を立て直した千代は、中に入れまいとドアノブを摑んで全体重をかけて引く。

あのとき、どうしてこの男に家まで送ってもらったのだろうか――自分の軽率な行動を後悔したがもう遅い。とにかく彼を中に入れたら大変なことになるのは確かだ。が、それよりも……。

「このマンションはオートロックですよ！　どうやってここまで来たんですかっ!?」

彼はオートロックマンションの正面玄関を抜けて、千代の部屋のインターホンを直接鳴らしたのだ。客人が来た場合、普通ならばインターホンを鳴らしてもらい、正面玄関でドアの解錠をしなければならないはずだ。

「言ったじゃないですか、オートロックなどあってないようなものです。出てくる住人に挨拶でもしながら同時に中に入れば、簡単に攻略できます。そして誰も疑わない。それと、相手を確認せずにドアを開けてはいけませんよ。何のためにドアにスコープが付いていると？　とても危険な行為です」

「わかりました！　その危険性は身をもって知りました、たった今。すっごく勉強になりました。なので、どうぞお引き取りください！　わたしはもう少し寝たいのでっ」

けれど、いくら力を込めても右京の靴が隙間に挟まっているうえに、男性の力にはやはり勝てない。抵抗のかいもなくドアを開けられ、玄関への侵入を許すことになってしまった。

「では、添い寝してもいいですか？」

何もしませんから――と懇願する右京は、あとずさる千代の腕を掴んで離さない。

「なっ、何もしないなんて信用できませんっ！」

結局帰ってくれそうもない右京と出かけることになってしまった千代は、仕方なく玄関の外で彼を待たせ、反発する気持ちから時間をかけてシャワーを浴びた。それから服を数枚ほどベッドの上に並べてライトグレーのハーフパンツと丸襟のブラウスを選んだ。髪をポニーテールに結い、軽く化粧をすると、腰に手を当てて鏡で全身を眺める。やることがなくなったので、ジャケットと小さめの斜めかけバッグを手に玄関の外で待っていた右京と合流した。

「お待たせしました。女の子は、出かける前はいろいろと準備があるので」

そっけなく言うと、右京は両手を広げて千代に近づいてきた。

「千代さん、素敵です。私のために時間をかけてかわいくなってくださったのですね！」

「はあ？　違いますっ」

その最上級の笑顔を見て初めて気づいた。嫌がらせのつもりだったのに、逆効果になってしまったということに。

肩を落としながら、気持ちのいい青空の下を並んで歩く。

「いい天気ですね、デート日和だと思いませんか？」

「そう、ですね……」

歩きながら、千代は横の右京をちらりと盗み見る。

本日の右京は、オフホワイトのカーディガンに黒のデニム姿。フレームレスのメガネをかけた大学生風だった。首回りが大きく開いたカットソーからちらりと覗く肌が綺麗で、ついつい見惚れてしまう。

そんな右京と駅前のカフェに入れば、当然のように女性客からの視線が注がれた。気づいていないのか、それとも慣れているだけなのか、右京は周囲の反応などどこ吹く風で、レディファーストを発揮しながら千代の椅子を引いた。

「どうぞ、千代さん」

大人しくその椅子に座ったが、周囲の視線は千代の背中にも突き刺さっている。

「朝食、まだですよね？」

当の本人はまったく意に介さず、席にひとつしかないメニューを千代に広げて見せてくる。

居心地の悪さを感じながら千代はフルーツの盛られたパンケーキセットを、右京はホットコーヒーを注文し、外の風景を楽しみながら黙って食べた。とはいっても、右京の視線の先は風景ではなく向かい合って座る千代にあったから、気になって仕方がない。

いよいよ我慢しきれなくなった千代は右京を睨み「見ないでください」と抗議した。

「嫌だなあ、取って食べたりはしませんよ？」

くすくすと笑いを含んだ声で言いながらも、右京は外に目を向けてくれた。

他愛もない話をしながらパンケーキが半分ほど胃の中に消えた頃、右京はポケットから携帯を取り出すと「ちょっと、すみません」と喫茶店を出ていった。電話がかかってきたらしい。

千代の座る席から窓ガラス越しに見える位置で話す彼は、先ほどとは違って真面目な顔をしている。休日にもかかわらず仕事の電話なのだろうか。ならばそのまま仕事に行ってほしい——と千代は強く望んだ。

右京は話しながら腕時計を確認し、くいと伊達《だて》メガネを押し上げる。ちなみに彼は視力が両目とも二・〇なのだと、聞いてもいないのに教えてくれた。真面目な顔をしている方が好みだな、と密かに思いながら遠目に眺めていると、視線に気づいた右京が一転、微笑みながら手を振った。つられて手を振り返してしまった千代は、はっと気づいて目を逸らし、アイスティーを一気に飲む。

初めて会ったときも不思議に思ったけれど、彼は本当に年齢不詳だ。変装に慣れているのか、あるいは何でも似合う端正な顔立ちのお陰なのか。探偵としては目立ちすぎるのではないか、と無駄な心配をしながら、千代は残りのパンケーキを平らげた。

「ごちそうさまでした」

両手を合わせて小さく呟き、再び外に視線を向ける。いつの間にか電話が終わっていた右京は、ふたり組の女性に道を聞かれていた。スタイルの良い、モデルのような女性だった。

右京は女性の持つスマートフォンを覗き見ながら身振り手振りで説明をしているが、もうひとりのロングヘアの女性が両手を胸の前で組みながら、上目遣いで右京を見つめていた。

道がわからないから目的の場所まで案内してほしい、その代わりお礼をするので一緒にお茶でもどうですか、といった様子だろうか。もちろんこれは千代の想像だけれども。

すると右京は、不意に振り返って窓ガラス越しに千代を指差し、目が合うとにこやかに手を振った。当然ながら女性達の興味は千代に向く。

「えっ！」

ここで巻き込むの？

ふたり組は「これが連れ？」という目つきで千代を観察し、お互い目を見合わせると、自分達の方が数倍も優れているという勝ち誇った表情を見せた。

千代の頬がじわじわと熱くなる。あんなモデルのような人達と比べたら、見劣りするのは当然だ。

自分の外見はよくわかっている。童顔だから大人っぽい服装やスーツが似合わない。元恋人からは女子高生の制服のコスプレを強要されたこともあったから、やはり子供っぽいのだろう。

千代は美女達にではなく右京に腹が立ち、手を振り続ける彼からぷいと視線を逸らした。よりによって右京は彼女達の誘いを断る理由に千代を使った。断りたいのなら自分ひとりでどうにかすればいいことなのに、巻き込むなんてひどい。

帰ってしまおう、と思いながらも怒りを抑えきれずに外へ目を向けると、すでにそこには誰もいなかった。思わず腰を浮かせて窓ガラスにへばり付き右京の姿を探すが、先ほどの女性ふたりも消えていた。あの人達と行ってしまったのだろうか。

「し、信じられない……何で？」

「千代さん。ふふ、誰かをお探しですか？」

背後から声をかけられ振り返ると、そこには笑顔の右京がいた。

「あれ、その顔……もしかして置いていかれたと思いました？」

「え、や……あのっ」

「すみません、あんなかわいらしい意地悪をするから、私も……ちょっと隠れて様子を見ていました。必死に私を探していたでしょう？　妬《や》いてくれたのですか？」

「ち、違いますっ！　わたしをほったらかしてどこに行ったのかって思っただけです！」

それが世に言う嫉妬なのだと気づいていない千代を、右京はただ嬉しそうに見つめていた。

「さあ、デートを始めましょうか」

カフェを出ると、右京は千代の手を握った。

「デートって、ちょっと待ってください。さっき仕事の電話に出てましたよね？　行かないんですか？」

千代は手を引きはがそうとしながら尋ねたが、彼はその質問には答えずにこやかに微笑む。

「今は千代さんとのデートが最優先です」

「わたし、責任感のない人は嫌いです」

きっぱりと言い放つと、右京は驚いたように目を見開いた。

「き、嫌い、ですか？」

そのまま黙っていると思いきや、不意に千代の顔を覗き込んでくる。

「どうしたら、私を愛してくれますか？」

「はあ……？」

愛？

今度は千代の方が驚いて硬直してしまうと、右京がその場に跪《ひざまず》き、恋人の許しを乞うように千代の手を両手で包み込んだ。

「千代さんが望むなら、私は何でもします。あなたが望むなら、この世界をも手に入れてみせます……ですから、どうかあなたの愛を私にください」

「や、ちょ……」

駅前を歩いていた周囲の人は足を止め、突如として始まった公開プロポーズの行方を、期待を込めた目で見ている。

「や、やめてくださいこんなところで！　とりあえず行きましょう」

「愛の逃避行ですか？　素敵ですね」

「違います！」

結局、電話の相手や仕事の話は有耶無耶《うやむや》になってしまった。

急ぎ足で駅に向かい、出発間際の電車に滑り込むと、千代はふう、と息を吐く。

休日の朝、車内はそこそこ混雑していて、駅に止まるたびにふたりは連結部付近に追いやられていった。

「わっ、と！」

大きく電車が揺れ、千代はよろけた拍子に右京に抱き着くような体勢になってしまう。

「ごめんなさい！」

すぐに離れようとするが、右京は千代の背中に腕を回し、ぐいと引き寄せる。

「……あの、もう大丈夫ですけど」

彼の腕の中で顔を上げ、しばし見つめ合う。

「──いい匂いがします」

「は？」

右京の目に欲望の色が見えた気がして、千代は急いで視線を逸らした。

「なぜでしょうか、千代さんの香りを嗅《か》ぐと……」

言いながら顔を寄せ、千代の首筋に唇を這わせる。

「私はどうにかなってしまいそうです」

「ちょ、右京さん、ここ電車ですよ!!」

「そうでしたね。それでは、キスするだけで我慢しますね」

何とか右京を押し退《の》けようとするが、彼の方が力が強い。引き剥がすどころか逆に抱き締められ身動きが取れなくなってしまう。

「右京さ──」

「静かに」

頬を撫でた指先が顎を掬い、強制的に上を向かされた。近くにあった顔が、より近づいてくる。唇まであと数センチ、というところで千代は右京の足を踏みつけた。腕が緩んだ隙にその場からさっと逃げ出す。

「痛いです」

「痛くしたんです！　いい加減にしてください！」

「……わかりました。もう千代さんが嫌がることはしませんから、許してくださいませんか？」

そう言いながら、千代の腰に腕を回す。説得力がまるでない。

「私を苛める千代さんも凛々しくて素敵です。あなたになら、苛められてもいいかもしれません」

「ひゃあっ」

甘く囁きながら耳に息を吹きかけられて、びくりと反応してしまった。

「そ、そういうのもやめてください！」

千代は赤くなった顔を見られないように俯いたまま、脇腹の辺りに添えられた右京の手の甲をぎゅっとつねった。

そんなことがあったのに、久しぶりに来た休日の渋谷に、千代の機嫌はすぐに直った。

電車内での無礼のお詫びに今日は何をしてもいい、と右京が言うのでショッピングを提案すると、彼は笑顔で快諾してくれた。

ほどなくして千代は気づく。近寄り過ぎず、また人目もある外ならば、右京はそれほど害にならないということに。油断せず適度な距離を保っていれば、彼は話し相手兼、荷物持ちに適任だった。それに、ウィンドウを見ながら道を歩いていて出会うナンパやキャッチセールスの類《たぐい》も、連れがいると気づくと諦めて去っていく。渋谷や原宿を歩くのは好きだが、ただ歩いているだけなのに毎度毎度声をかけられる千代からしたら、この虫除け効果も嬉しかった。

原宿までの道を歩きながらウィンドウショッピングを楽しみ、似合うと言われるままに服や靴、アクセサリーを試着し、自分でも気に入ったものは購入した。変態の右京でも趣味は良いのか、選んでくれるものはすべて千代に似合うものだったから、いい買い物ができたと、心は晴れやかになる。

とあるセレクトショップで足を止め、店員と右京に勧められるがままに春色のチュニックを選んでいるときだった。

「やはり、千代さんはいい匂いがしますね」

「え——わあっ」

試着室へ入ろうと右京の前を通り過ぎようとしたのがいけなかったらしい。人目もあるし、と油断していた千代は不意に腕を取られ、気づいたときには背中に試着室の冷たい鏡が当たっていた。いつの間にカーテンを引いたのか、そこはすでに密室だった。

「もう、我慢の限界かもしれません」

右京は熱っぽく潤《うる》んだ瞳で千代の顔を覗き込む。

「ちょ、ちょ……」

「このまま食べてしまいたい。いいですか？」

いいわけがない。

「あの、お客様……」

外からは店員の困惑したような声が聞こえる。

千代は全力で右京の身体を引きはがすと、急いで試着室を飛び出した。驚いた顔をしている店員に、試着する予定だったチュニックを押し付け、右京を置いて早足で店を出る。

「待ってください千代さん。置いていくなんてひどいじゃないですか」

しばらくして追いついてきた右京に、千代は顔をまっ赤にして怒鳴る。

「信じられない！　外ですよ？　外であんなことするなんて」

「すみません。外ではもう二度としませんから、怒りを鎮めてくださいませんか？」

「外でもどこでもしないでください！　約束できないなら、わたしもう帰ります」

「……承知しました」

不服そうではあるものの、右京は項垂《うなだ》れながら頷いた。

「それと、千代さん」

「何ですかっ」

「胸元のボタンが外れています。私が直してさしあげましょうか？」

いつの間に――!?

「っ――もう！」

手を伸ばす右京を避けながら、外れていたボタンをふたつ留めた。

「私はただ、ご忠告申し上げただけなのに……」

「誰が外したんですか！」

「私がしたと疑っているのですか？」

まったく、油断も隙もない。いや、この場合は油断した自分が悪いのだろうか。

ぷりぷりと怒る千代のあとを、ショップバッグを抱えた右京がついて歩く。いい匂いにつられて視線を彷徨わせると、ポップコーン店の行列が見えた。この前見た雑誌に載っていた日本初上陸と話題になった店だ。さすがにこの行列は並べないな、と諦めて先へ行こうとする千代の前に右京が立つ。

「一緒に並びましょう？」

「え、でも――」

「話していれば、行列もあっと言う間ですよ」

右京の言ったとおりだった。自分の服の趣味や、好きな食べ物、休日の過ごし方などを問われるままに答えているうちにポップコーンが買えてしまったのだ。

「このラズベリー味、すっごく美味しい」

「食べ歩きをする千代さんも好きです」

そんな台詞を無視して信号を渡る。

「ところで私にも分けていただけませんか？」

「あ、独り占めしちゃってすみません。どうぞ」

差し出すが、右京は取ろうともしない。代わりに口を開けて待っていた。

「あの……」

「両手が千代さんの荷物でいっぱいで、自分では食べられません」

「じゃあ、半分返してください。自分で持ちますから」

そう言うと、右京はあからさまに落胆してみせた。

今日一日、ずっと一緒に過ごしてきて、千代はだんだん右京のことがわかってきたような気がする。

「まあ、いいでしょう。こんなことくらいで私は諦めません」

そう前置きすると、右京が顔を上げる。

「ポップコーンのつまみ食いは終わりにして、少し早いですが夕食にしませんか？　実は、今日のためにレストランを予約してあります。これがデートの締めくくりになればいいのですが」

最後の言葉に引っ掛かりを覚えたが、右京のことだ。さして気にすることもせずＪＲ山手線で原宿駅から渋谷駅に戻ると、着いた先は駅から程近い裏路地にある隠れ家レストラン。

「ここのハンバーグは絶品ですよ、フォアグラが入っています。召し上がったことがなければ、ぜひお勧めさせていただきます」

それならば、と千代は右京のお勧めを注文することにした。

しばらくして運ばれてきたのは、見た目は普通のハンバーグだった。そっとナイフを差し入れると、途端に肉汁が溢れ出てくる。それをひと口サイズに切り分けぱくりと口に運ぶ。

「わ、おいしい……」

赤ワインで作ったというソースも濃厚で、フォアグラの味を、より引き立てているようだった。付け合わせの野菜はグリルで焼いたズッキーニとナスだったが、オリーブオイルと塩だけというシンプルな味付けながら、とてつもなくおいしい。

夢中になって食べていると、目の前の右京もおいしそうなものを見るかのような目で千代を見つめていた。

「気に入っていただけて、何よりです。私の好きなものを千代さんに知ってもらえたと思うだけで……感激のあまり、身体が打ち震えてしまいます」

向かい合って座る右京の絡みつくような視線にいつの間にか慣れてしまった自分に気づき、千代は諦めのため息をついた。

みる。

「ところで、右京さんっておいくつなんですか？」

コースの最後のフォンダンショコラを食べながら千代は気になっていた質問をぶつけて
「私ですか、いくつに見えますか？」

「え？　じゃあ、えーと……二十代から三十代くらいに見えます」

合コン女子のような返答をする右京に、千代は適当に答える。

「さすが千代さん、正解ですよ！」

「それ、答えになってないです」

呆れる千代に、右京は目を細めて嬉しそうな笑顔を向ける。

「私に興味を持ってくださったのですか？　今日一日、私が質問するばかりで千代さんは何も聞いてくださらないから、ひょっとして何か粗相《そそう》をしたせいで嫌われてしまったのかと思っておりました」

「……そうですね」

そこは否定しない。

「では、チョコレート味のキスをしてくれたら教えますすね」

そんな条件誰が飲むか——そう思いながら最後のひと掬いを口に運んでいると、着信を受けたらしい右京がその場で電話に出る。

彼は硬い声でひと言ふた言呟くと、電話をすぐに切った。

「千代さん、お仕事です」

「えっ？」

右京の顔にいつもの笑みはなかった。

「突然で申し訳ありません、例の男《ターゲット》が動きました。移動中ですが、目的地は恐らくＪＲ渋谷駅です。オトリ捜査のご協力をお願いします」

その顔に驚きや戸惑いの感情は見受けられない。まるでこうなることを知っていたように淡々と話す右京を見て、そうかと千代は納得した。

朝のカフェでの電話は仕事の話だったのだ。最初から彼はデートの誘いに来たのではなく、捜査のために千代を目的地まで連れ出しただけなのだろう。

「……どうしてですか？」

ふつふつと怒りが湧き上がるのを止められない。自分の口からこんなに冷たい声が出たことに驚きつつも、右京をじっと見つめる。

「ですから、これから――」

「そういう意味で言ったんじゃありません。その言い方からすると、最初からこうなる可能性があったってことですよね？　朝に受けた電話がそうだったんですよね？　だったら、どうしてすぐに教えてくれなかったんですか？」

千代をまっすぐに見つめながら、右京がゆっくりと口を開く。

「……目的地に着いてから、お伝えするつもりでした。ですが、千代さんがショッピングをしたいとおっしゃり、そしてあまりにも楽しそうな顔をされるので……次第に言い出しづらくなってしまいました。ターゲットが動くかどうかは朝の時点では可能性は三十パーセントほど。動くかもしれないが、動かない確率の方が高い。事情を話したら、せっかくの楽しい時間が台無しになってしまうと思いました。ですので……」

「そ、そんな理由だったんですか？　わたしを騙そうとしたとか、断れない状況に追い込もうとしたとかじゃなくて？」

不器用すぎる、と千代は思った。右京なりに気を遣った結果なのだろう。

「……わかりました」

「千代さん？」

「だったら早く駅に戻りましょう！　他の人が狙われたら大変です」

「千代さん！」

「でも、次からは隠さないでちゃんと教えてください。隠しごとをされるのは嫌いです」

「……次もお願いしてよろしいのですね」

テーブルに身を乗り出した右京は、期待に満ちた笑顔で、論点のずれた回答をした。

「いいですか、千代さんは何もしないでくださいね。私が取り押さえますので」

ここに来るまでに何度も聞いた台詞を、駅に着いてからも右京は幾度となく繰り返した。

「わかってます。でも、確認したらすぐ捕まえてください」

彼が言うには、千代以外の目撃者が被疑者を取り押さえれば、誤認の可能性が低くなり、容易に逮捕・起訴ができる。そして千代にも直接的な危害は及ばない。つまり逮捕されたことによる逆恨みを受けなくて済むという理由からだった。

「存分に怯えていてください。必ず助けにいきますから」

台詞はどうであれ、ぽんぽんと頭を撫でられると、先ほどまで騒いでいた千代の心臓が少しずつ落ち着いてくる。

「待ってます。それじゃあ、いってきます！」

右京からショップバッグを受け取ると、千代はそれらを両手いっぱいにぶら下げて山手線の改札を通り、後ろを振り返ることなくホームを歩いた。

＊＊＊

千代の後ろ姿を目で追いながら少し遅れて改札を通った右京は、彼女の頭部にある白と紺色のドット柄のカチューームを視界に捉えながら十分な距離を空けて歩いた。

男に動きがありそうだと一報があったのは、千代とカフェに入りしばらくしてからだった。次に動くとしたら土曜の夜だろうという所長の読みどおりになったということだ。

探偵事務所の責任者であり、右京の上司でもある彼、花園信之介《しんのすけ》は、千代を使ってのオトリ捜査について、最初は難色を示していたが、それが一番早くて確実なのだと最終的には納得し、今回の捜査が計画された。

右京は千代を渋谷まで連れ出し、連絡を待ちながら待機する役目を任された。折を見てオトリ捜査実行の可能性をそれとなく伝えようと思っていた。

しかし、楽しそうに過ごす千代を見ているうちに伝えられなくなってしまった。

今日は何も起きないでほしい……密かにそう願うようになっていた右京だったが、それは叶わなかった。

「どうしてすぐに教えてくれなかったんですか？」

千代の言い分はもっともだった。

驚きと怒りの入り混じった目でそう訴える千代は、探偵でも何でもない、普通の女性なのだから――。

「千代さんの言うとおりです。気遣いを……間違えてしまいました。申し訳ありません」

軽蔑されてしまった。捜査協力も、今後会うことも叶わないかもしれない。そう思っていると俯いていた千代が顔を上げ、右京に視線を戻した。その目にはなぜかやる気が漲《みなぎ》っているように見え、思わず目を瞠る。

「右京さん、お手洗いに行ってきます。ちょっと待っていてください」

そして化粧を直し、髪型を変えて戻ってきたのだった。髪をおろし、カチュームを付けただけで雰囲気は、柔らかくかわいらしい印象になった。

千代はちゃんと「買い物を終え、友達と別れてうきうきと帰宅する仔羊」になりきったのだ。痴漢男の格好の的になるために。

「すごいですね。千代さんは、男心がわかっているのですか？　少しだけ、触れてもいいですか？」

言いながら手を伸ばしたら、顔を赤くした千代にパシッと手の甲を叩かれた。

「もう、真面目にやってください！　怒りますよ！」

それから千代は、右京の説明するオトリ捜査の計画について、真面目な顔で聞き入った。彼女の意欲には本当に脱帽してしまう。オトリ捜査の人選は正しかったということだ。


ホームの人波を、縫うように進んでいると、ターゲットの男が千代と右京の間にひょっこり現れた。予想どおり、男は彼女に目を付けたのだ。

千代は右京の指示どおり二号車の乗車口で止まると両手に提《さ》げていたショップバッグを身体の前にまとめて持ち替えながら、自信なさげな表情で電車を待つ列の最後尾に並んだ。

不安そうなその横顔が、余計に人を惹き付けていることに彼女自身は気づいていない。

甘い蜜に誘われるように、男は千代との距離を縮めながら、やがてその背後に並んだ。

ここまでは作戦どおりに進んでいる。

柱の陰に隠れるようにして立つ所長に目で合図を送り、尾行を交替した。同じ車両に乗り込み、男の犯行を確認するのは右京の仕事になる。

発車メロディが鳴り終わる頃に乗れるよう歩くスピードを調整し、千代と同じ乗車口から車内へと乗り込んだ。

千代は作戦通り、乗車口近くの手すりの前にいた。俯き加減で両手をショップバッグに塞がれている彼女の背後には、すでにターゲットが陣取っている。しばらくして閉まったドアを壁代わりにして半身を預け、千代の方を向く。それから周りの人間がそうしているようにスマートフォンを手に持ち、画面に集中しているフリをした。

あとは、男が動くのを確認するだけ。

チャンスは一度、失敗は許されない。

電車に揺られ、駅をふたつほど通過した頃、男が動いた。横にいる千代が何かを堪えるようにしながら身体を強張らせたのだ。それが合図だった。

「その女性に何をしているのです!?」

千代の身体に男の手が触れていたのを目視した右京は、その手を摑んで大声を発した。

「な、何もしてねえよ！」

千代は顔を赤くしながらも、忠告したとおり何も喋らずじっと男を睨んだ。右京や男の声で騒ぎに気づいた周囲が騒ぎ始める。

「次の駅で降りてもらいます。あなたも、いいですね？」

千代に向かって言えば、彼女は黙ってこくりと頷いた。

「ちょっと待てよ、俺が痴漢したとでも言うのか？　証拠はあるのかよ！」

右京の手を離そうと暴れる男の顔に、持っていたスマートフォンの画面をずいと見せた。

そこには千代の身体に触れる男の手が写っている。念には念を、と右京は犯行の瞬間をスマートフォンのカメラに収めておいたのだ。

男は何かを言いたげに口を開けたが、何も言わずに唇を引き結んだ。

電車は少しずつ速度を落としやがて止まる。ここで降りて、男を駅員に引き渡せば終わりだ。

「降りたら駅員を呼んできてくれますか？」

「は、はい！」

千代が返事をして、開いたドアから降りようとしたそのとき――。

「きゃあっ！」

千代にぶつかるようにして男が逃走した。

「大丈夫ですか⁉」

バランスを崩し、ホームに落ちそうになった千代を助け起こしながら、走り去る男の後ろ姿を睨んだ。

彼女に気を取られてしまったせいで、男を掴んでいた手を緩めてしまったのだ。あそこまで追い詰めたにもかかわらず逃げられるとは……今から追いかけても間に合うかどうか。

「そこをどけェ！」

隣の車両から降りた乗客が、憐れにも痴漢男の逃走経路に侵入したらしい。何の罪もない乗客に向かって叫び、勢いを緩めず突進する。

「あー……」

右京が叫んだと同時に、痴漢男はその勢いのまま宙に投げられ、地面に叩きつけられた。一瞬の出来事だった。

「う、わぁ……すごい！　テレビドラマみたい。どうやったんでしょう？」

「あれは、合気道の投げ技ですよ。相手の勢いを利用して投げるのです」

痴漢男を投げ技で仕留めた男……探偵事務所の責任者である花園所長は、煩《わずら》わしそうな顔を倒れている男に向け、ため息をついてから右京を睨んだ。その目は「詰めが甘いんだよ」と小馬鹿にしているようだった。

騒ぎに気づいた駅員が痴漢男を助け起こしている横で、所長は、ふた言三言話してから右京を指差した。

右京は小走りでその場に向かうと、車内で今しがた起きた出来事を駅員に説明する。その間に所長は姿を消していた。

「おいっ！　ふざけんなよっ！　てめェ覚えてろよ、必ず復讐してやるからな」

「……あんなこと言ってますけど大丈夫ですか？」

駅員に連行されながらも、右京に罵声《ばせい》を浴びせる痴漢男を見ながら、千代が隣で呟いた。

「わたしが逆恨みされない代わりに、右京さんが……」

「大丈夫ですよ。千代さんもお疲れさまでした。無事、任務完了です」

そう言って微笑めば、千代もふわりと表情を和らげた。

この笑顔をまた見たいと心の中で思いながら労《ねぎら》いの意味を込めて抱き締めようと手を伸ばした瞬間、彼女はさっと逃げてしまう。

「でも、すごいですね、全然気づきませんでした！　いつ写真なんて撮ったんですか？」

千代が感心した面持ちで尋ねてきた。

「千代さんが触られているときですよ」

「それは解ってますけど！」

「そのせいで助けるのが遅くなり、すみませんでした」

「もう、ホントですよ！　すごく気持ち悪かったんですから！」

「本当に申し訳ありません。一度、その感触をリセットして差し上げましょう、私の手で」

千代ははっとしたが、逃げられる前に腕を掴み、ぐいと引いた。バランスを崩した彼女がふらりとよろけ、右京の胸元に飛び込んでくる。

腰を抱き寄せようとしたが、目的を果たす前に手の甲をつねられてしまった。今度は爪が皮膚に食い込むような痛みもある。

「まったく、油断も隙もないですね！」

怒っているような、呆れているような声で言う。そんな態度がかわいらしくて、右京はクスリと笑みを零した。

「無事、痴漢男が捕まってよかったです。最後の最後で逃げられちゃうかと思いました。さっきの人……いつの間にかいなくなっちゃいましたけど、格好よかったですね。軽々と痴漢男を投げちゃうんですもん！」

「あんなの……ただの四十越えたオッサンじゃないですか。しかもバツイチですよ？　高校生の息子だっているのですよ？」

渋谷駅で交代したはずの所長は、隣の車両に乗っていた。「あとはお前がやれ」と言っていたにもかかわらず。失敗した場合に備えて、保険をかけていたのだろう。

まだまだ未熟者だと、暗に諭されたようで腹立たしいが、実際逃してしまったのだから仕方がない。

「正義の味方にそんなの関係ありませんよ！」

目をキラキラさせて、今見た光景を嬉しそうに話す千代を見ていた右京は、少し気分を害して呟く。

「……私だってあれくらいできます」

けれど千代は聞こえていないのか、興奮した様子で男が投げられたシーンを夢中になって右京に説明していた。一緒に見ていたのだから、そんなに詳しく話してくれなくてもわかっている。それに、千代が電車からホームに落とされそうになったのを助けたのは自分だというのに――。

「あの人は、口は悪いしいつも命令ばかりで面倒ごとはすべて他人任せです。そのうえ、気分屋のくせに頑固で、いい加減で、自分以外の人間は下僕か何かだと思っていて――」

「ちょ、右京さん！　もしかして、さっきの人知ってるんですか？」

「……まったく知りません」

右京は、彼が探偵事務所の所長だということは黙っておくことにした。千代が自分以外の男に興味を示したことが悔しかったからだ。

＊＊＊

「今夜、会えませんか？」

そんな電話がかかってきたのは、仕事の合間のお昼休憩中だった。

「え、どうしてですか？」

躊躇いながらそう答えると、電話口からクスクスと笑い声が聞こえてきた。

「そんなに警戒しないでください。先日の件についてのご報告を、と思いまして」

「あ、そうでしたか。右京さんからの電話だったので、てっきり……」

オトリ捜査の依頼かと思った、と続けようとして、隣に真理子がいたことを思い出し、口を噤《つぐ》む。

「すべて滞りなく解決しました、感謝します。ささやかですがお礼もしたいので、食事にお付き合いいただけますでしょうか」

オトリ捜査からすでに二週間が経っていた。

あのあと千代は、右京と一緒に警察署まで出向き、調書や被害届を提出した。それから彼とは一度も会っていない。

依頼人の女性がどうなったかに関しては何も知らされておらず、それがずっと気がかりだったのだ。

「はい、では今夜……」

待ち合わせ時間と場所を決めて電話を切ると、スマートフォンをテーブルに置いてアイスティーに口を付ける。

「もしかして今の電話、千代ちゃんの彼氏？」

「え？　ち、違うってば！　右京さんは……えっと、ただの知り合い」

「へええ、右京さんっていうんだ。で？」

「だ、だから、それだけだってば！　真理ちゃんが期待するようなことは何もないよ」

「またまた〜嬉しそうな顔しちゃって！」

ニヤニヤ笑いを浮かべる真理子から視線を逸らすと千代は店の伝票を持って立ち上がった。支払いは別で、と店員に伝え、ぴったりの金額を支払うと、真理子を置いて表へと続く扉を開ける。

カラン、と鳴るドアベルの音を聞きながら、温かい風をふわりと身に受けた。そんな心地良い春の日差しを浴びながら、まっすぐ前を向いて歩きはじめる。

名前も知らない相手だけれども、自分が救った。微力ながらその力になれたことに対して、自分自身が誇らしく思えた。

「いろいろと大変だったけど……やってよかった」

「ねえ、待ってよ千代ちゃん！　置いていくなんてひどい」

「さーて、午後も頑張りますかっ」

千代はうーん、と腕を天に向かって伸ばすと、眩しい太陽に顔を上げた。

「ほら、やっぱり千代ちゃん嬉しそう！」

そんな様子を見て言う真理子の声は、千代には届かなかった。


午後の仕事中、真理子に右京のことについてからかわれながら過ごした千代は、業務終了と同時に更衣室へと駆け込んだ。

急いで着替えると、化粧を軽く直しながら、右京と初めて会ったときにもらった名刺に視線を移す。特に理由はないが、誰にも見つからないように、と化粧ポーチに隠すように入れておいたものだった。

ポーチをバッグにしまい、最後にその名刺を手に取ると、エンボス加工が施されている文字の部分に指を滑らせる。

コンコン、というノックのすぐあとにドアが開いたのは突然だった。真理子が中にいる千代に目を止め、少し驚いた顔になる。

「あれ、まだいたの？」

「あ、もう帰るところ！」

千代は急いで名刺をポケットに押し込んだ。どうやら今の行動は見られてはいなかったようで、真理子はスカーフを外しながらクスクスと笑みを漏らす。

「愛しいダーリンが待ってるんでしょ？　右京さんだっけ？」

「もう、だから違うってば！」

「なるほど、じゃあ今夜から彼氏に昇格するのか」

「違っ……じゃあね、また来週！」

真理子の何度目かわからないからかいを軽く無視すると、千代は更衣室のドアを勢いよく開け放った。

「うわ！」

「えっ？」

ドアに何かが当たって跳ね返る。嫌な予感がして、恐るおそるドアの向こう側を覗き見た。

「やだ、嘘！　ごめんなさい田島さん！」

どうやら書類を持って歩いていた営業部の田島にドアが当たってしまったらしい。その証拠に、彼が手に持っていた書類が辺りに散乱していた。

「ごめんなさい、本当にごめんなさい！」

「いや、大丈夫だよ。蓮水さんこそ怪我はなかった？」

何度も詫びながら書類を集めていると、拾った紙の下に右京の名刺を見つけた。いつの間にかポケットから落ちてしまったらしい。

「あ！」

急いで手を伸ばすと、その前に田島が拾った。

「あれ、今日交換した名刺は全部ファイルしたはずなんだけどな……」

「わ、わたしのです！」

田島の手からもぎ取るように名刺を奪う。焦っているせいか、声が上ずってしまった。

「あらら、騒がしいと思ったら。田島さんも千代ちゃんも大丈夫ですか？」

その瞬間に真理子が着替えを終えて現れた。彼女に見つかってからかわれる前に、千代は名刺をバッグの奥底に押し込み、拾った書類を田島に渡す。

「ありがとう蓮水さん。急いでたのに、拾ってもらっちゃって悪かったね」

「あ、いえ、別に急いでたわけじゃ――」

「千代ちゃんの彼氏が外で待ってるんですよー。さっき電話があって、それで会うために急いでたんです！」

「ちょっと真理子ちゃん！」

千代は真理子を肘で小突いた。

「はは、その話はもう聞いたよ。男性社員の間でちょっとした噂になってた。今日は何人かが集まって失恋飲み会するんだって」

「やだ、もう……田島さんまで、冗談はやめてくださいよ」

なんだか顔が熱くなってきた。こういったやり取りは慣れないせいか、少し苦手だ。

「本当だって、蓮水さんモテるんだよ？　狙っている奴、結構いたのに」

「えー、田島さん、あたしは？」

「もちろん、佐藤さんも美人だからモテモテだよ。よく口説かれてるでしょ？」

真理子が冗談交じりに話しかけ、田島が焦ったようにフォローしている。

「そうなんです～困っちゃう～」

そう言いながらも、まったく困った素振りを見せない真理子に、千代も思わずぷっと噴き出した。

「それじゃあ、蓮水さんも佐藤さんもお疲れさま。蓮水さんの彼氏、外でずっと待ってたよ、早く行ってあげないと」

「もう、だから彼氏じゃありませんってば！」

田島に訂正すると、千代は急ぎ足で従業員通用口から外へ出た。頬に手を当てると、まだ少し熱かった。


通用口を出た少し先のベンチの前に右京はいた。今日はビジネスマン風のスーツ姿だ。スーツといっても初めて会ったときのような着古したものではなく、光沢のあるスリーピースで、胸ポケットにはブルーのハンカチーフが挿し込まれている。今まで見たことのないような、洗練された大人っぽい姿だったから、千代は少しドキドキしながら右京に近づいた。

「右京さん、こんばんは。お待たせしちゃってすみません」

「いいえ、一時間しか待っていませんし、大丈夫ですよ」

「一時間って……わたしちゃんと終わる時間伝えましたよね？」

早く会いたくて、と千代の手を取る右京は、笑顔で言った。つられて笑みを浮かべそうになった千代は、まだここは会社の前だと思い出す。

「と、とりあえずここを離れましょう！　真理ちゃんに見られたら面倒なことになるので！」

意味がわからず首を傾げる右京の腕を取って、千代は急いでこの場を離れた。

それから渋谷へ向かい、右京が予約をしてくれたイタリアンレストランに入った。

「ここ高いんじゃないですか？」

「捜査のお礼です、お気になさらず。何か、嫌いなものはございますか」

特にないと答えると、右京はお勧めだというコース料理を注文した。しばらくして食前酒が運ばれてきて、千代と右京はグラスを手に取る。

「千代さんの美しさに、乾杯」

「え、か、乾杯……」

お互いグラスを軽く持ち上げ、食前酒のスパークリングワインを口に含む。爽やかで飲みやすい味だった。右京はグラスを置くと、ウェイターが十分離れたのを確認してから、捜査の結末を話し始めた。

「千代さんに対する迷惑防止条例違反で男を逮捕、拘留した際、所持品にあったスマートフォンを調べたところ、千代さんではない女性の盗撮画像が大量に出てきました。前科もありましたから、余罪を追及され家宅捜索が行われました」

「じゃあ……！」

「はい、被害者女性に関する物、それ以外もすべて押収されました。彼女が怯える原因もなくなったということです」

そして、その女性は家を引っ越し、通勤経路も変えたということだった。

「とは言っても、その盗撮映像に個人を特定できるようなものは映っていませんでした」

「嘘だったってことですか？」

「ええ、そういうことになります。ところで、ずいぶん嬉しそうですね、千代さん」

微笑む右京と目が合った。

「い、いや……別に右京さんに会いたかったわけじゃなくてですね……」

千代はもじもじと膝の上のナプキンをいじる。

「おや、私に会いたかったのですか？　事件が解決して喜んでいたからではなく？」

「え？　あっ、いや、その……」

真理子にからかわれ続けたことを思い出して、つい関係ないことを口走ってしまった千代は下を向きながら言い訳を探した。

「教えてください。どちらですか、千代さん」

そんな右京はテーブルに身を乗り出し、千代を覗き込むように見つめている。

「——っていうか、右京さん、裏事情にやけに詳しいですよね。押収されたものって、探偵っていうだけで見せてもらえるんですか？」

「えっ……とですね……」

偶然にも核心に迫った千代の問いにより、右京は口を噤んだ。

「あ、千代さん。前菜が来ましたよ。水牛のモッツァレラチーズを使ったカプレーゼです」

「わ、おいしそう！」

運ばれてきた料理に気を取られ、会話はここで途切れた。


「そうだ、千代さんにこれを差し上げますね。この前一緒に夜道を歩いたとき、少し危険だと感じましたので」

デザートのティラミスを食べ終わると、右京はシルバーのバッグチェーンが付いたハート型のキーホルダーをテーブルに置いた。

「防犯ブザーです。チェーンからハートの部分を引き抜くと大音量のアラームが鳴ります。止めるときはチェーンの先に付いているストッパーを入れ直してください」

やってみますね、などと言いながらハートを引こうとする右京の手を、千代は慌てて押さえる。

「ここはお店ですから」

「そうでした。失礼しました」

言いながら手のひらを返し、そのまま千代の手を握る。条件反射で腕を引こうとする前にぎゅっと力がこもった。

「あの道は暗く、危険が多いと判断しました。狭い路地に引っ張り込まれたら逃げられません。バッグに付けて、持っているとアピールするだけでも効果があります。一見ただの飾りに見えますが、変質者から見れば防犯ブザーだとわかりますからね。口を塞がれて声が出せないときにも重宝します。鳴らしただけで警察は来ませんが、近所の住人や近くを歩いている通行人は気づきますし、相手は怯んで逃げていくでしょう」

そういえば家まで送ってもらったとき、彼は歩きながら終始周りの様子を窺っていたことを、千代は思い出していた。

「あ、ありがとうございます」

あのマンションに住んで三年、今まで一度も危険を感じたことはなかった。だからこれからもあるはずはないと、内心思っていたが、右京の真剣な表情に、千代は素直にそれを受け取った。

「でも、そこが危険かどうかなんて、一度歩いただけでわかるんですか？」

「まあ、ただの職業病ですよ。隠れられる場所とか、そういうところを探してしまう質《たち》でして……千代さんの部屋を覗き見るにはどこがいいか、とかね」

「……そ、そうですか」

これからはカーテンをきっちり閉めてから寝よう、と千代は固く心に決めた。

「だから夜道、気をつけてくださいね」

「右京さんの存在を含めて、十分気をつけます」

そう答えると、彼は目を細めて柔らかい笑顔を向けた。

ここは怒るところだろう。どうも右京といると調子が狂う。

「それから、何か困ったことがあれば連絡ください。できれば、私の電話番号を登録していただけると嬉しいのですが」

「あ、そうですね。すみません」

昼に電話を受けたとき、それが知らない番号だったため、千代は声を固くして電話に出たのだった。

もしかしたら、この先、電話をすることはないかもしれないけれど、記念に登録しておくのもいいかもしれない。繋がりがほんの少しでも形として残っていれば、何かの拍子に彼を思い出すこともあるだろう。

そうだ、もう右京とは会えない——会う必要がない。そう思うと、なぜか寂しさを感じてしまう。

「今夜は千代さんを家まで送って差し上げたいのですが、実はこれから次の仕事がありまして……」

「あ、大丈夫です！　防犯ブザーもありますから」

そして、まだ手を握られたままでいたことに気づいた千代は、急いでその手を引き抜いた。

午後十一時過ぎ、マンションに着いた千代は、別れ際に右京に言われたことを思い出しながら玄関の鍵を開けて部屋に入ると、電気を点ける前に鍵をかけた。

右京曰く——強盗は、家主が鍵を開け、電気を点けている間に侵入するらしい。


「ですから千代さん、鍵はすぐに閉める習慣をつけてくださいね」

「わかりました」

素直に頷いた千代に、右京は真面目な表情を崩さず顔を寄せてきた。何だろうかと思っていると、そっと髪の隙間に右京の手が差し入れられる。そのまま ぐいと引かれ、彼の顔が、唇が、千代に迫ってきた。

「わあっ」

すんでのところで手でガードをしたが、彼は止まることなく千代の手のひらにキスを落とした。

「なっ——急に何しようとしてるんですか!?」

「キス、です」

「本人の同意もなしに、そういうことはしないでください！」

「でも、こういうのって、言葉よりもその場の雰囲気が大事ではないですか？」

などとあっけらかんと言う。真剣な表情の彼に、普段は忘れがちだが、この男も十分危険――いや、これ以上の危険人物なんていないのではないかと思う。

「少しでも寂しいなんて思ったわたしが馬鹿でした！」

「寂しいと思ってくださったのですか？」

「さようなら！」

右京の言葉を無視して身を翻したが、腕を掴まれ引き留められた。

「では、次にお会いする時は花束を持ってうかがいますね」

「結構です！」

千代は間髪を容れずに言い返した。帰り際のそんなやり取りを思い出していると、なぜか頬が緩んでしまう。

「変な人だったけど……うん、やっぱり変な人としか思えないや」

彼の評価を自己完結させて玄関の電気を点けたときだった。バッグの中のスマートフォンがバイブレーションで着信を知らせる。右京からの電話かと思ったけれど、画面には電話帳に登録のない番号が表示されている。

「……もしもし」

――無言。

そのとき、ガチャン、と玄関のドアノブが回される音がした。

「ひゃあっ！」

千代は驚いてスマートフォンを取り落としそうになった。

表側から何者かがガチャガチャとドアノブを回している。鍵が閉まっているとわかったのか、今度は扉をドンドンと叩き始めた。

その音は反響して電話口からも聞こえてきた。

電話の相手が、すぐそこにいる。千代の心臓がばくばくとうるさく騒ぎ始めた。

「だ、誰……う、右京さん、なの？」

震える声で彼の名前を出した途端、音が鳴り止んだ。次の瞬間――。

「おかえり千代ちゃん、待ってたよ。ドアを開けてくれる？」

そのくぐもった声は電話口から、そしてドア一枚隔てた外からも聞こえた。右京の忠告どおり、中に入ってすぐにドアの鍵を閉めていなかったら……。恐怖を感じた千代の足は、その場に貼り付いたように動かない。黙っていると、気分を害したのか相手は再び扉をドンドンと叩き始めた。

千代の手から、とうとうスマートフォンが滑り落ちる。

「や、やだ、何……何なの……」

怖い、助けて……助けて、右京さん――。

第二章 嘘つきは探偵の始まり

うとうとしていた千代が次に目を開くと、外はすでに明るくなっていた。いつの間にかテーブルに突っ伏して寝ていたらしい。

身体を起こすと、肩にかかっていた毛布がずれて下に落ちた。こんなところで眠ってしまった千代に、右京がかけてくれたのだろう。

彼は何度か、ベッドで休んだ方がいいと言ってくれたが、千代はそれを頑なに拒否した。ひとりになるのが怖かったからだ。

「千代さん、大丈夫ですか？」

カーテンの隙間から外を見ていた右京は、千代が目覚めたことに気づくと近寄り、心配そうに顔を覗き込んだ。

「すみません、いつの間にか寝ちゃったみたいで」

１ＬＤＫのリビングは、食事用に使っているローテーブルとテレビがある。ベッドやクローゼットは隣室にあるのだが、ひとりになるくらいなら起きていよう、と千代はずっとリビングにいることにしたのだ。

「少しは眠れましたか。といっても三時間ほどしか経っていませんが。それから、怪しい人物は今のところ現れておりません」

ずっと外を見ていてくれたらしい右京は、千代を安心させるように付け加えて言った。

時計は午前六時。右京は昨夜から一睡もしていないようだ。

「右京さん、あの――いろいろとご迷惑をおかけしてしまい、すみません」

「謝らないでください。あなたのお役に立てたのなら、これ以上の喜びはありませんから」

その言葉が心に沁みる。弱々しく微笑むと、右京はそっと千代の肩を抱いた。

いつもならパシ、と手を叩いていただろうけれど、今の自分にはそんな気力もないらしい。

昨夜、何者かにドアを叩かれ恐怖にかられた千代は、震える声で右京に電話をかけた。実家の両親でも近くに住む友人でも、ましてや警察でもなかった。千代の頭に最初に浮かんだ顔はなぜか右京だった。

何が起きたかを電話でうまく説明ができなかったにもかかわらず、彼は千代の元にすぐさま駆けつけると、震える身体を抱き締めた。そして話を聞くと、こうして朝までそばにいてくれたのだ。

今まで、お化け屋敷と心霊番組くらいしか恐怖を感じたことのなかった千代だが、さすがに昨夜の出来事は恐ろしかった。

「えっと、コーヒー淹れますね。あと何か食べますか？　大したものはないんですけど」

立ち上がると、リビングに面したキッチンでドリップ式のコーヒーを淹れながら、買っておいたクロワッサンをオーブントースターで温め始める。コーヒーの香りを嗅ぎながらキッチンに立っていると、だいぶ心も落ち着いてきた。

「お待たせしました」

マグカップとクロワッサンをのせた皿をトレイのままテーブルに置くと、向かい合うように床に座る。

「とてもおいしそうです。ありがたくいただきますね」

右京はコーヒーの香りを嗅ぎつつ半分ほど飲み干した。もっと早く出すべきだったと、千代は申し訳ない気持ちになる。

「さて、千代さん」

ひと息つくと、彼は千代の目をじっと見つめた。

「昨夜の人物に、何か心当たりはありませんか？　たとえば、昔の恋人や友人、近所の知り合い。一般的に言えば、千代さんに好意を持っている人物が、何かしらのきっかけでストーカーに身を落としたというのが状況としては有力です。まあ、中には嫌がらせのために付きまとう場合もありますが」

「心当たり、ですか……」

昔の恋人——最後に男性と付き合ったのは一年ほど前だ。その恋人とは二週間しか続かなかった。変態の気配を察して、早々に仕事の多忙を理由に別れを切り出したお陰か、執着されることもなく円満に終わらせることができた。ご近所付き合いもすれ違った際の挨拶程度の交流しかない。

どこかで、気づかぬうちに見知らぬ変態を引き寄せてしまったのだろうか。目の前の右京を見つめ、重い息を吐いた。

「すみません、ないです」

「そうですか。とにかく相手は千代さんの名前と電話番号、そして住んでいる場所を知っていて、待ち伏せて部屋に押し入ろうとするほど執着を持った人間です。十分に気をつけてください」

「はい……」

気をつけろと言われても、どのように気をつければいいのだろうか。千代は膝を抱えるように座り、その上に置いた腕に額をのせる。

ふわりと後頭部に温かさを感じて顔を上げた。

「そんなに心配しないでください。大丈夫です、私が絶対に守りますから」

右京は千代を安心させるように頭を撫で、笑顔を見せた。

「ありがとうございます、右京さん」

そう言われると、本当に大丈夫な気がしてしまうのが不思議だった。

それから右京は、すぐに戻ると言って千代のマンションを出ていった。

ひとりになると不安は募ったが、外の明るさと周りの生活音が聞こえてくるせいか、次第に恐怖は薄れていった。

玄関のドアをそっと開け、周囲の様子を眺めてみる。ドアの並ぶ廊下に隠れられる場所はない。ならば昨日の人物は、一体どこで待ち伏せをしていたのだろう。エレベーターか、階段の上か、よく見れば死角がありそうだ。

部屋を出て、昨夜のことを思い返しながら一階のエントランスへ向かう。

多少お酒を飲んでいたものの駅からの帰り道に不審な人物はいなかった。マンションの入口のオートロックは自分で開けた。近くには誰もいなかったし、何の気配も感じなかった。いつも使っている階段でも、誰ともすれ違わなかった。

「うーん、わかんないなあ……」

冷静になった頭で昨夜のことを考えてみても何もわからない。

頭の中を一度リセットしようと部屋に戻った千代は、着替えとバスタオルを持って洗面所に向かった。浴室で熱いシャワーを頭から浴び、湯船に身体を沈めて目を閉じる。昨夜は入れなかったから、今こうしているだけで疲れがお湯に溶けて流れていくようだった。

「そういえば右京さん、何しに行ったんだろう？　すぐ戻るって言ってたけど……絶対に守るって言ってたけど……ま、まさかっ！」

ふと、右京はここに泊まり込む気ではないだろうか、と思った。

「え、お泊まりセットとか取りに行ったんじゃないよね!?」

千代は浴槽から勢いよく上がると濡れた髪を無造作にヘアクリップでまとめ、急いで服を着て右京に電話をかけた。

守ってくれるという気持ちは嬉しいが、泊まりがけは勘弁してほしい。

「あ、もしもし右京さん、あの――」

「ちょうどよかった、今マンションの玄関に到着しました。オートロックを開けてください」

　どうやら間に合わなかったらしい。

「千代さん……いい匂いがします」

「はっ、離して──」

　右京を部屋に迎え入れた途端、抱き締められて身動きができなくなった。ぎゅうぎゅうと締め付けられて、首元に彼の吐息を感じる。

「もうっ！」

　渾身《こんしん》の力を込めてどうにか引きはがすと、千代は首を両手で押さえながら二歩、三歩とあとずさった。

「髪が濡れたままですね。ひょっとして、お風呂から上がったばかりでしょうか」

　右京は靴を脱ぎ、ゆっくりと近づきながら千代との距離を縮める。

　飾り襟の付いた七分袖のチュニックに無地のレギンスパンツという格好だったが、まるで丸裸にされたように感じて思わずカーテンに隠れる。

「無防備な濡れた髪、毛先から零れ落ちる滴……もっとよく見せてください」

「嫌です！　っていうか、何しに来たんですかっ！」

　千代が叫ぶと、目前まで迫ってきていた彼は、我に返ったのか立ち止まり、思い出したように荷物を玄関先に取りに戻った。

「千代さんが誘惑するから、目的を忘れるところでした」

などと肩を竦める。

それから右京は、持参したジュラルミンケースを開くと、中からいろいろな機械類を出してテーブルに並べ始めた。単行本サイズの機械やリモコンのような装置、接続用のケーブルが数本。

「それは、何ですか？」

「これは……」

好奇心に負けてカーテンから顔を覗かせ尋ねると、右京は説明しようと顔を上げたが、千代の顔を見て口を閉ざした。

はっと危険を感じた千代は、右京が動く前にカーテンから抜け出し、洗面所へ逃げ込む。

さっさと髪を乾かすことにしたのだ。

数分後にリビングに戻ると、右京は勝手に千代のノートパソコンを立ち上げて何やら作業を始めていた。ご丁寧に、教えてもいないパスワードまで解除されている。

「右京さん、何をしているんですか？　パソコン、ど、どうやって……」

「名前と生年月日を合わせたパスワードなんて危険極まりないですよ」

パスワードはあとで必ず変更しよう、と千代は心に決めた。

彼が持ち込んだよくわからない機械は、インターネット用のルーターにＬＡＮケーブルで接続されていた。そして機械の前には、部屋中から集めたらしい電化製品のリモコンが数個。

「いいですか、これはインターネット回線を使って室内の機器を遠隔操作するための装置です。リモコンでオンオフできる機器なら、外出先からスマートフォンを使って操作ができます。たとえば、エアコンやテレビ、それから、部屋の明かりも」

千代の部屋の室内灯はリモコンで操作するタイプのものだった。

「へえ、それはすごいですね」

感心していると、右京は千代に向き直り、悲しそうな顔をした。

「申し訳ありませんが、私はずっとあなたのそばにいることはできません」

それを聞いて千代はほっと胸を撫で下ろす。

「本当は仕事など放っておいて千代さんを二十四時間、監視——いえ、お守りできればと思っているのですが……。なので、このようなものをご用意しました。帰宅の数十分前に部屋の明かりをつけておき、誰かがいるように見せかけた部屋に帰るのです。そうすれば、今回のようなことは起きにくいでしょう。それにしても、私が不甲斐ないばかりにこうして機械に頼ることになるとは……」

右京はぐっと拳を握り、悔しそうに呟いた。

「い、いいえ、十分嬉しいです！　ホントに！」

この家にずっと右京がいたら……と考え、千代は慌てて答えた。ストーカーの前に、右京によって自分の身に危機が迫るのではないかと心配になったからだ。

「ですが、これを設置したところで根本的な解決にはなりません。まずはストーカーが何者なのかを特定する必要があります」

かかってきた電話番号の履歴は、パニックに陥った千代が気持ち悪いと消してしまっていた。電話番号がわかっていれば、相手も特定できるかもしれないとあとで右京に言われて気づいたのだった。

「そう、ですね」

「そこで千代さん。私に、いえ、我々に調査依頼をしていただけませんか？」

「それは、探偵事務所にってことですか？」

確かに千代の電話番号と名前を知っている人物、その相手が何者なのかをはっきりさせる必要がある。そのために探偵事務所に依頼を——？

右京は機械から手を離すと、片膝を付いた状態のまま、そこに立つ千代の手を握った。

「仕事としてでもいいのです。あなたと一緒にいたい」

切なげな瞳で見つめられ、思わず千代はドキドキしてしまう。

「右京さん……」

「千代さんの、その怯えた顔を近くで見守りたい」

右京は恍惚とした表情で、最後に本音を漏らした。

千代は右京と共に、彼の働く探偵事務所へ向かっていた。彼の提案通り、ストーカーの犯人捜しを依頼するためだ。

「千代さん、いったいどうしたのです？　何だか怒っていませんか？」

「別に、何でもありません！　早く探偵事務所の所長さんに何とかしてもらいたいと思ってるだけです！」

それは主に右京本人と、顔もわからぬストーカーを、だ。

電車を乗り継ぎ、地下鉄に乗り換えてからひと駅。千代の様子をちらちらと窺う右京に道案内をされながら、歩くこと五分――。

「え、すごい……」

千代は白い壁の高級そうなマンションを見上げていた。白金台と表示された駅で下車したときからまさかとは思っていたが、そのまさかだった。

右京の務める探偵事務所は、白金台にある高級マンションの二階に事務所を構えていたのだ。おしゃれな書体で『Hanazono Detective Bureau（花園探偵事務所）』という看板が掲げられ、その隣にはネイルの専門店やペットサロンなどが並んでいる。一階にはオープンカフェと、輸入品を専門に扱っている高級そうなスーパーマーケット。三階から上が住居スペースのようだ。一見しただけでは探偵事務所だとわからなさそうな外観に、千代はただただ驚くばかりだった。

「千代さん、どうかされましたか？」

「あ、いえ……」

二階へ通じる階段の前で待っている右京の元へ、千代は小走りで向かう。

彼が案内してくれた探偵事務所の応接室は、白金台の地名にふさわしく、高級な調度品が揃えられていた。テレビで見たような殺風景な探偵事務所ではなく、まるで社長室のような印象だ。

こぢんまりとしているが圧迫感を感じさせない室内に、革張りのソファと、ガラスが埋め込まれたローテーブルが鎮座している。窓辺には人間国宝が作りました、と言われてもおかしくない見事な陶磁器の花瓶に、落ち着いた色の花が飾られていた。

白金台にあるということは、ひょっとしてこの探偵事務所のメインターゲットはセレブなのだろうか。それならばこれくらいの内装も普通なのかもしれないが、千代からしたらだいぶ落ち着かない雰囲気だ。

座り心地の良いソファに浅く腰かけ、身体が沈まないように気を遣いながら、事務所の所長を呼びに隣の部屋へと消えた右京をそわそわしながら待った。

「そういえば、調査費用ってどれくらいかかるんだろう……」

ストーカーはもちろん心配だが、お金の方も心配になってきていた。

しばらく待たされたあと、隣の部屋から現れた人物は皺ひとつない高級スーツに身を包んだ四十代とおぼしき男性だった。

優しそうな笑顔を湛え、ゆっくりと歩むこの人物が探偵事務所の所長なのだろう。

「初めまして、花園です」

千代は緊張した面持ちでソファから腰を上げた。

「ああ、どうぞ、お座りになってください」

「あ、はい。どうも……」

探偵というより貴族にしか見えない男性に、優雅な動作でソファを示され千代は座り直した。

所長が目の前のソファに座ると、右京はその背後に立つ。まるで主人と執事みたいだなと、千代は密かに思った。

「さて、ストーカー被害に遭われたと伺いましたが？」

「はい、わたし——」

所長の顔を真正面から見た千代は、一瞬ののちに目を見開いた。

「あれ、あのときの……痴漢男を投げ飛ばした人!?」

ソファから腰を浮かせ、ローテーブルに乗り出し食い入るように見つめる。目の前の人物は、見間違えるはずもないあのときの正義の味方その人だった。

「おい右京。飛び込みの依頼客だと聞いたが、まさかコイツは……」

所長は愛想の良い笑顔を瞬時に消すと、紳士的な服装に見合わない言葉を発した。

「そうなんです、実はあのときの。かわいらしい方でしょう？」

右京は内緒話をするように口元に手を添えて所長の耳元で囁く。

「お前の趣味を聞いてるんじゃない！　ちゃんと金は持ってんのかって聞いてるんだ！」

「いいえ、ここは言わせていただきます！　まず千代さんの怯えた表情は最高に――」

「右京！　とにかく……こんな小娘に調査費用が払えるとも思えない。他を当たるようにお前から言っておけ」

所長は「着替えて損した」などと呟いている。

「あ、あの、全部聞こえてるんですけど……」

しかしふたりは、千代がこの場に存在しないかのように言い合いを続けている。

「所長、話は最後まで聞くべきでしょう。彼女は困っています。ええ、もちろんその困り果てた姿をずっと見ていたいとも思いますが――」

「右京」

所長から顎で何かしらの合図を受けた右京は、口を噤むと、テーブルの下から重量感のあるガラス製の灰皿を取り出し、テーブルの中心に置いた。それは、よく刑事ドラマで血のり付きで殺人現場に転がっているような灰皿だった。

一瞬千代は、これで所長を殴ってもいいという意味なのかと思ったが、どうやら違うらしい。スーツの皺を気にすることもなく、だらりとソファに背中を預け足を組んだ所長が、内ポケットからタバコと百円ライターを取り出したからだ。

「まず、ストーカー相手の場合、警察に提出する証拠集め、付きまといの被害調査のために交替でマンション近辺での張り込み。しかも、相手がわからない以上はその人物を特定する必要もある。基本料金に超過料金と、まあ安く見積もって……一週間で五十万ってところか」

「ごっ……」

五十万!?

「粘着質な奴が相手なら長期戦になる。もしも一ヶ月以上かかったらどうする？　こんな小娘に払えるとは思えないが？」

右京に問いかけながらタバコを咥《くわ》え火を点けると、彼は千代の全身を上から下まで眺めた。そのうえ、ソファに置いたバッグまでも値踏みするかのように凝視する。まるで目力で所持金がわかるとでも言うように。

その無遠慮な物言いに、千代の中でふつふつと言いようのない感情が込み上げてくる。俯き、膝の上に置いた手をぎゅっと握りしめた。そんな千代を見て、所長はしっしと手を振る。

「ほら、払えないだとよ。お客さんがお帰りだ、出口まで案内してやれ。じゃあな、俺は寝る。お前が昨夜、仕事ほっぽって消えてくれたお陰で、交代もなく朝まで張り込むはめになったんだからな」

「そんな、所長！　さっきまで寝ていたではありませんか」

「何だと!?　そもそも、帰って来たと思ったら詫びもなしにいきなり来客だと叩き起こしたのはどこのどいつだ？　まずは謝れ！」

「そんな小さなことをグチグチ言い続けていると禿《は》げますよ」

千代は、バンと机を叩き、立ち上がった。

「わかりました」

どうして気づかなかったのだろう。

「そうですよね、右京さんの上司なんだから、まともなはずないですよね……」

気づくと千代はそう口に出していた。

「何か言ったか、小娘」

白い煙を天井に向かって吐いた所長が、低い声で脅すように呟く。

「いいえ、何も。お手間を取らせてしまい、どうもすみませんでした！」

深く頭を下げるとそのまま踵《きびす》を返す。

どうして、右京に頼めば何とかなると思ったのだろうか。

「千代さん？」

「失礼します」

右京に目を合わせることなくドアを乱暴に開け、探偵事務所を飛び出した。

「千代さん、待ってください！」

早足で階段を降りる千代の背中に右京が声をかける。無視して駅を目指して歩き続ければ、肩を摑まれ無理矢理振り向かされた。

「千代さん、このままでいいのですか？」

「いいんです、自分で何とかしますから」

嘘だ。正直これから、どうしたらいいのかわからない。ひとりでマンションに帰るのが、少し怖い。

「いいわけないでしょう。ストーカーの手によって命を落とす人だっているのですよ？」

「わかってます。でも、調査料は払えません！」

これは本当だ。一ヶ月にその半分ほどの給料しかもらっていない千代がおいそれと払える金額ではない。貯金を切り崩したとしても、二週間、三週間と続けば、すぐに貯金は底をつくだろう。

「千代さん、意地を張らないで依頼してください」

「意地なんて張ってません！」

千代は肩から右京の手を叩き落とす。けれど右京も引き下がらなかった。

「私は約束しました、千代さんを必ず守ると。お願いですから依頼していただけませんか？」

「守ると言ってくれたのは嬉しかったです。でも依頼はできません。したくないわけじゃなくて、できないんです」

お金がないから依頼ができない。たったそれだけを伝えればいいことなのに、口に出せば自分自身がとてもちっぽけで惨めに思えてしまう。

「千代さん、お願いですから、そんな顔をしないでください」

俯く千代の頬に、右京の温かい手が触れた。

「今、嬉しいと言ってくれましたね。私はそんなあなたの気持ちが、とても嬉しいです」

顔を上げれば、柔らかく微笑む右京と目が合う。そして彼は一転、真面目な表情をすると、申し訳なさそうに目を逸らした。

「仕事としてならば下手な言い訳をせず、千代さんのそばにいられるだろうと……浅はかな考えでした。自らの欲望のために、千代さんを悲しませてしまうなんて、私は最低な人間です！」

「えっ、欲望？」

話が少しずれている気がした。

「調査費用は一切いただきません。お約束通り千代さんをお守りします。だからそばにいてもいいですか？」

千代の頬に触れていた右京の手が顎に移動した。

「は？　いや、何言ってるんですか？　タダで依頼を受けるなんて、あの所長さんに怒られちゃいますよ！　それに、昨日お仕事だったんですよね？　それなのに、わたしが電話しちゃったから……」

「お気になさらず。あんなわからず屋はしばらく放っておいても問題ありませんから、ね？」

右京の片腕が千代の腰をぐっと引き寄せる。

優しい笑顔に、懇願するような瞳に、つい頷いてしまいそうになる。

「でも……」

その優しさに頼ってはいけない。

もしも頼ってしまったら――別の意味で、とてつもないツケを支払うことになりそうな気がするからだ。


「あの、右京さん、やっぱり所長さんに無断で調査をするのはよくないと思うんですけど」

断れば断るほど、ぐいぐいと迫ってくる右京に気圧されながら、千代は電車を乗り継いで渋谷駅まで戻っていくが、彼はどこまでもついてくる。

「心配してくださってありがとうございます、千代さん。でもご安心ください、いざとなったら辞表を突きつけますから。そうしたら、私を一生雇っていただけますか？」

「それは……遠慮します」

「千代さんったら、欲がないのですね。そんなあなたも素敵です」

どうしても千代のマンションまで送ると言って聞かない右京は、今や使命感に燃え、お互いの指を交差するように手を繋ぎ出すほどだった。

「あの……なんで手、恋人繋ぎ？」

「そうだ、千代さん。遠隔操作で部屋の明かりを点けてみましょうか！」

右京は眩しいほどの笑顔で話題を変えると、千代のスマートフォンを操作し始めた。

「はい、これで家の明かりが点きました。ところで、千代さんのベッドは確かシングルタイプでしたね？　一緒に寝るには狭すぎますので、私は床で結構ですよ。もちろん遠慮しているのではなくて――」

「何の話をしてるんですかっ！」

泊まり込みのストーカー調査を許可した覚えはないのに、どうやら彼の中では決定事項らしい。

千代は思わずため息をついた。

「大丈夫ですよ、心配しなくてもずっとそばにいますから。だから今夜は安心して眠ってください」

そう言いながら、右京は繋いでいる千代の手の甲を優しく撫でた。

「いや、そうではなくてですね」

ああ、もう――。この人に頼ったら絶対に大変なことになるとわかっているのに、時折見せてくる右京の優しさに、笑顔に、千代の心は救われてしまうのだ。

吉祥寺駅の改札を抜けて住宅街を歩いていたときだった。

どこか、遠くから聞こえるサイレンの音。

何かあったのだろうか、と思っていたそれは、少しずつ音量を増して近づいているようだった。

狭い路地から一方通行の通りに差しかかったとき、消防車が二台連続して目の前を走り去る。

「何だか騒がしいですね。火事でしょうか？」

右京が遠くを眺めて呟いた。

東の空は暗く、反対に西の空が赤く染まっている。雲に反射する夕日は茜《あかね》色と群青色のふたつの色を同時に映し出していた。夜に変わる瞬間のブルーモーメント――それは少し不気味で、物悲しくもあり、恐ろしくもある。

「……っ！」

ぞくり、と鳥肌が立ち、千代は思わず振り返った。気のせいだったのか、背後には誰もいない。

「どうかしましたか？」

「あ、いえ、なんでも……」

「大丈夫ですか？　夜が怖いですか？」

自分の身体を抱くように胸の前で腕を交差した千代に気づいた右京が尋ねた。

「いえ……はい、少しだけ」

千代は、心情を正直に打ち明けた。

「安心してください、私が守りますから――」

そっと繋がれた手が温かくて、少しだけ安心する。右京は何も言わず、千代の隣を静かに歩いてくれた。

　マンションまであと五分という頃、夕方のこの時間にしては、やけに人通りが多いことに千代は気づいた。

　立ち話をしている人、立ち止まって携帯を操作している人……。なぜだか周囲が騒がしい気もする。

　ふと脳裏に先ほどの消防車の存在が過《よぎ》った。もしかしたら、本当に近所で火事があったのかもしれない。

　そして、その予想は当たった。角を曲がると、千代の住むマンション前の道路に、先ほど目撃した消防車と、他に救急車やパトカーが数台止まっていたのだ。

「え、な、何があったの？」

「火事、かもしれませんね」

　なぜだか胸騒ぎがした。

「ちょ、う、右京さん！　リモートで部屋の電気を点けましたけど、配線がショートして火事になる……なんてことないですよね!?」

　嫌な予感がする。マンションの様子が気になって、千代は小走りになった。

「ええ、リモコンでテレビやエアコンをつけるようなものです。火事になるはずがありません」

　走る千代を追いかけながら、右京が説明する。

近づくにつれて増える人波をかき分けながら、ふたりはマンションへ辿り着いた。

エントランスで制服の警察官と、黄土色の防火服に身を包んだ消防隊員が数名、何やら話し込んでいる。

すると、その輪の中から女性がひとり飛び出してきた。

「は、蓮水さんっ！」

それはマンションのオーナーで一階に住んでいる顔なじみのおばさんだった。顔面蒼白《そうはく》で、驚きのあまり口元を両手で覆っている。

「ああ、よかった、部屋にいなかったのね！　この子が住人です。ええ、ひとり暮らしなんです――蓮水さん、もしかしてずっと外にいたの？」

あとから来た警察官に説明を挟みながら、彼女はほっとしたような、不思議そうな顔をした。

「二〇二号室の伊藤さんがね、コンビニに行こうとドアを開けたら廊下に煙が充満してたって。そうしたら蓮水さんの部屋から煙が出てるって気づいて、すぐに通報してくれたのよ！」

「わ、わたしの部屋が……火事!?」

「部屋の電気が点いてるから、もしかして中で倒れてるんじゃないかって。伊藤さん、消火器持って非常階段からベランダに飛び移って窓ガラス割って入ってね。もう、アタシ驚いちゃったんだから！　合鍵あるって言ったんだけど、ドアが熱くなって危険だからって、それでね――」

「ええと、蓮水千代さん？　二〇三号室の？」

夢中になって話を続けるおばさんを遮るように、警察官のひとりが間に割り込んだ。

「あ、はい。そうです」

「おおい、居住者が見つかったぞ！」

彼は背後の警察官や消防士に呼びかけた。それから、興奮した様子で話し続けるおばさんを他の警察官に引き渡し、再び千代に向き直る。

「ええと、蓮水さん。落ち着いて聞いてくださいね。本日十六時二十三分頃、あなたの部屋で火災が発生しました」

渋谷駅で、部屋の明かりをリモートで点けた頃だ。

「え!?　ホントに？　やだ……どうしよう！　右京さんの嘘吐きっ！　こんなことになって、どうしてくれるんです!?」

「待ってください千代さん、あれで火事になんて――」

「実際になってるじゃないですか！」

そんなやり取りを見ていた警察官は、疑いの目で右京を見る。

「何か心当たりがおありですか？」

右京がリモートで部屋の電気を点けたことを説明すると、警察官は困り顔で頭を掻いた。

「ふーん、なるほどねえ。つまり、部屋に誰かがいるように見せかけたかった、と。そういう細工をしないといけない状況だったという理由《わけ》ですかね？」

含みのある言い方に、千代と右京は顔を見合わせた。

「あー、実況見分はこれからですので何とも言えませんが、どうやら玄関ドアのポスト付近から出火したようですね」

「そ、それって」

「幸い気づくのも早く、火種も小さかったようで、ドアも鉄製でしたから延焼は防げましたが。こちらのマンションはオートロックですので、郵便物はすべてエントランスのポストに投函されると伺いまして、玄関ポストは回覧板くらいにしか使用されないそうですね。ところで、蓮水さん、最近、身近で変わったことはありませんでしたかねえ？」

「えっと」

それは遠回しに、何者かが部屋に放火した、と言っているようにも聞こえた。

渋谷駅で部屋の明かりをリモートで点けた。それを何者かが、千代が帰ってきたと勘違いをして――？　一体誰が、そんなことを？

理由はただひとつ、部屋に住む人物を危険にさらすためだろう。

「ちょ、ちょっと待って……ストーカーって言われたって、相手が誰かもわからないのに、そのうえ……火事って、だ、誰が……」

ふらつく千代の肩を右京が抱いた。

「千代さん」

膝が震えている。座り込みそうになった千代の腰を右京が引き寄せた。

「大丈夫です、落ち着いてください」

「お、落ち着けって、この状況で、ですか？　誰かが放火したんですよ!?　誰かがわたしを、こっ、殺そうとしたってことでしょう？」

殺そうとした――普段使わない単語を口にしたからか、声が裏返ってしまう。

「千代さん」

「どうして、こんな……もう……」

もう嫌、怖い――。

これは小説でもない。遊びでもイタズラでもない現実の出来事なのだと改めて思い知った。

「蓮水さん。お辛い気持ちもわかりますが、詳しいお話を伺えませんか？」

警察官に問われ、千代は弱々しく頷く。

「はい、わかりました」

地面がひどく揺れているような気がした。倒れないように、と千代の身体を支えてくれている右京の存在が心強く、今はとてもありがたい。

「すみません、彼女は今混乱しています。どこかで休ませていただけますか？　知っていることは、私が代わりにお話ししますので」

警察官に目で問われ、千代は頷きながら右京の肩に頭を預けた。

「それでは、あちらにパトカーがありますので、その中で休んでいただいて、その間にまずはあなたからお話を伺います」

右京が気遣うように千代の背中に腕を回し、歩き出す。

「大丈夫です、私が必ず守りますから。私が必ず……！」

千代に信じ込ませるように、あるいは自分自身に言い聞かせるように、右京が繰り返し呟いた。


パトカーの後部座席に通されて、隣に右京も座った。それから、助手席に乗り込んだ警察官が書類を手に事務的なことを尋ね、それに右京が答えるのを千代は横で聞いていた。

右京の言うとおりだったから、千代は口を挟むことなく黙っていた。千代の目に映るのは、右京が答える度に紙の上を走る、警察官の持つボールペンの動きだけだ。

警察官は千代と右京の今日一日の行動を詳しく聞き、彼が昨夜の出来事——ストーカーの存在を話したところで一度だけ後ろを振り返った。

「そのストーカーに、心当たりは？」

「ありません。昨夜、初めて彼女の前に現れました」

その質問にも右京が代わりに答える。

「あー、蓮水さん、そうなんですか？」

「はい……今までこんなこと、なくて」

「なるほど、ストーカーの可能性ですね」

そのあとは関係ないと思われるような私生活についてまで根掘り葉掘り聞かれた。話の途中で右京との関係を尋ねられ、彼が恋人だと宣言したが、千代はそれを訂正する気力もなかった。そして、気が滅入るような質疑応答ののち、パトカーで管轄の警察署へ向かい、被疑者不明のまま被害届を提出することになった。


「はい、手続きは以上になります、遅くまでご苦労さま」

千代は担当してくれた女性警察官にお礼を言いながら頭を下げた。

この身に何が起きたのか、そして何が起きようとしているのかわからない。雲の上を歩いているような浮遊感のまま、頭の中がまっ白な状態の千代の代わりに、右京がすべてを手際良く処理をしてくれた。彼がいなければ千代はもっと取り乱していただろう。

「では蓮水さん、とりあえず、現場検証が終わるまでは室内への立ち入りは禁止となりますので、今日のところは他に寝泊まりするところを見つけていただいて――」

「はい……」

消防隊員が窓から部屋へ侵入し、玄関付近の鎮火作業を行ったという。室内は消火剤まみれで、きっとリフォームが必要になるだろうということだった。使い慣れた家電も、思い入れのある家具も……そして住む家さえも、一瞬にして失ってしまった。これからどうしたらいいのか。まず、何をすべきなのか。突然にして訪れた強い喪失感は、千代から考える力を奪っていく。

「それと、判断については蓮水さんに一任しますが、引っ越しも考えてみてくださいね。何者かに狙われている以上、居場所が特定されている部屋に居続けるのは、やめた方がいいでしょう」

「はい」

警察官の言葉に頷くことしかできない千代の手を、右京がきゅっと握る。

「行きましょう。そんな顔をしないでください。私が何とかしますから、心配はいりません。千代さんを必ずお守りします」

「ありがとうございます、右京さん」

いつもは変態行為ばかりを繰り返す油断のならない人なのに、頼もしく見えてしまうのは、探偵という職業柄か、それとも事務処理をてきぱきと終わらせてくれたからか。

彼に任せよう――ぼうっとする頭で、千代はそんなことを考えていた。

警察署を出ると、迎車と表示されたタクシーがすでに待機していた。いつの間にか右京が呼んでいたらしい。彼に促されて乗り込むと、運転手に行き先も伝えないうちに、車がゆっくりと動き出した。

すでに日は暮れ、辺りは街灯とネオンの光が溢れている。それなのに、色とりどりの灯りが霞んで見えるのはどうしてだろう。

顔もわからない相手に命を狙われているらしいということ。千代にとってそれは、映画やドラマの中でしか聞いたことのないような、どこか遠い世界の話だったはずなのに。

「あの、右京さん、ここって……」

「はい、千代さんの新居です」

右京に連れて来られたのは探偵事務所が入っている高級マンションの上層階だった。

広いリビングは全面ホワイトのフローリングで、その中心には毛足の長いラグマットが敷かれ、布張りのカウチソファと、ローテーブルがあった。

壁には大画面の液晶パネルがはめ込まれており、周囲にはスピーカーなどのオーディオ機器が並んでいる。

窓側は全面ガラス張りのようで、分厚い遮光カーテンが足元までを覆っていた。

キッチンを見てみると、調理器具や食器などはなく、綺麗なままで使った形跡はない。カウンターと繋がっているダイニングテーブルには高そうなコーヒーメーカーと、足の長いスツールが一脚。

生活感があるようなないような不思議な部屋だったが、家主のこだわりなのか、すべてがモノトーンカラーで揃えてある。

「ええと、あの……ここは？　空き部屋とかですか？」

「私の住居です。寝室はひとつしかありませんが右手奥になります。それから、お風呂場は──」

「か、帰ります！」

くるりと踵を返して玄関へ向かおうとすると、千代の前に右京が回り込んできた。

「帰るだなんて……やっとここに連れ込んだのに。いえ、千代さん、ひとまず落ち着いてください。ね？」

にじり寄り、じりじりと距離を縮めてくる。何も持っていないというアピールか、あわよくば抱きつこうという心情の表れなのか、右京は両手を広げて笑顔を向けた。

「私が何とかします、と言ったじゃないですか。そして千代さんは、はいとおっしゃいました。ここで一緒に暮らすことに同意しましたよね？　口約束でも契約としては有効なのですよ」

確かに彼は、警察署から帰るときにそんなことを言って慰めてくれたけれど。

「そ、そういう意味だったんですか!?」

千代がふらりと脱力しかけると、その隙を見逃さなかった右京に抱き締められた。

「ここで暮らしましょう？　千代さんを独りにするのは、いろいろと心配です」

「もうっ、離してください！　自分の家に帰ります！」

そう言ってから気づく。帰る場所なんてない、ということに。

「そうだった……わたしの住むところ、なくなっちゃったんですよね」

言葉にするだけで現実味が増し、目にじわりと涙が浮かぶ。どうして自分ばかりがこんな目に遭わなければいけないのかという怒りや不安が、千代を苦しめた。

「大丈夫ですよ。犯人は必ず捕まえますから……ね？」

腕に力がこもり、きつく抱き締められる。彼の手が背中を撫で、時折トントンと優しく叩く。その振動が心地よかった。

「大丈夫、大丈夫……私がそばにいますから」

少しずつ少しずつ、千代の心に渦巻いている恐怖が消えていくようだった。

「はい……」

軽く頷くと、右京は千代を離して顔を覗き込んだ。

「さて、では、まず食事にしましょう。そこのソファに座って、テレビでも見て待っていてください」

彼に促され、グレーのカウチソファに座ると、手にテレビのリモコンを握らされた。電源ボタンを押せば、大画面に映像が映し出される。

「わあ、すごい迫力」

まるで映画館にいるようだった。そんな千代を見て微笑むと、右京はスツールにかけた上着を摑み、言う。

「すぐに食事を用意しますので、少しだけ待っていてくださいね」

どこへ行くのかと不安な面持ちで見上げれば、彼はクスリと笑って付け加えた。

「ここは私のテリトリーなので安全ですよ」

「はあ」

テリトリー？

疑問符を飛ばす千代を残して姿を消した彼は、二十分ほどで戻ってきた。温かな料理ののった銀色のワゴンとともに――。

「お待たせしました、千代さん」

そう言いながら、右京はホテルマンの如く、ダイニングテーブルにパエリアやサラダ、スープにピザののった皿を並べはじめた。

「え、これって……」

てっきり食材を買い出しに行ったのだろうと思い込んでいた千代は、突然現れた料理に目を丸くした。

「一階の地中海レストラン・レオノーラの、本日のオススメメニューです」

「ど、どうしてレストランのオススメメニューが……」

「はい、いつもはお店の方でいただくのですが、本日は無理を言って部屋に持ち込ませていただきました。千代さんのお口に合えばいいのですが」

右京は傷心の千代のために、わざわざレストランへ出向いて食事を調達してきてくれたらしい。

「いつもは、って……」

ふと、綺麗なキッチンの意味がなんとなくわかった。

「右京さんはお料理、自分で作らないんですか？　せっかく大きくて使いやすそうなキッチンがあるのに……」

「それでは、千代さんが私に手料理を振る舞ってくださるというのはいかがでしょう?」

「何でそんな話になるんですか?」

「遠回しのプロポーズと解釈しました」

「か、勝手に変な解釈しないでください!!」

焦る千代を見てクスクスと笑いを漏らしながら、右京は一脚しかないスツールに座るよう促す。

「さあ、どうぞ座って召し上がってください。スープが冷めてしまいますよ」

「あ、はい……いただきます」

トマトと魚介類のスープをひと口啜《すす》ると、温かさが身体中に広がってほっとする。

料理は申し分のない味だったので、空腹だった千代は気づけばすべて平らげていた。

「ご馳走様でした。すごくおいしかったです」

「今日はお疲れでしょう。お風呂、どうぞ」

ニコニコと嬉しそうに食器をワゴンに戻す右京が言った。

「何から何まで、ありがとうございます」

「千代さんには、パジャマ代わりに私の服を貸しますね。ふふ、憧れだったんです、こういうの」

右京から新品のシャツを手渡された。

「あの……これって」

右京を見上げると、満面の笑みで千代を見つめている。

「目を覚ますと、隣に寝ている千代さんが、私のシャツを身に着けて眠っていて――」

「う、右京さん！　どうして一緒のベッドで寝ることになってるんですか！　そんなのお断りですからね！」

今日のところはソファを借りよう、と思いながらため息をつく。

ずっとここにいるわけにはいかない。迷惑にもなるし、何より右京から自分の身を守らなければならない。

「あと、申し訳ないんですけど、洗濯機と、もしあれば乾燥機を貸してもらえますか？」

自分の部屋に入れなかったこともあり、千代は着の身着のままでここへ来た。明日は日曜日とはいえ、替えの服がないのは辛い。

「洗濯機ですか？　申し訳ありません、ここにはありません」

「ないって……どうしてですか？」

「使わないので」

「じゃあ、洗濯はどこで？」

自宅に洗濯機がないなんてことがあるのだろうか。

「このマンションの一階にクリーニング店がありますよ」

右京が言わんとしていることに気づいた。

「あの……し、下着は、どうしてるんですか？」

「手洗いモードでお願いしています」

即座に答える。嘘ではないらしい。

「そ、そうですか……」

右京の生活がよくわからない。思わず額を押さえた。頭痛がするのは気のせいだろうか。

洗濯機を借りることを諦めた千代はバスルームに閉じこもった。もちろん、侵入しないと何度も約束をさせて、内側から鍵をかけることも忘れない。

少し不安はあるものの、さすがにここまで侵入してきたら立派な犯罪だ。

「ふう……」

熱いお湯に浸かると、ガチガチだった身体から次第に力が抜けていくのを感じた。

「……右京さんって……ナニモノ？」

探偵で、変態で、発言は突拍子もなく、セクハラまがいの内容も多々あるが、いざというときは頼りになる。現に、今までいろいろと助けてくれている。

高級マンションに住んでいるくせに、洗濯機は持っていない。ついでに言うと、食器や調理器具もない。

「まあ、いっか……」

浴槽の角に頭をのせて目を閉じる。今は何も考えずこの心地良い時間に身を委ねたい。

彼が入れてくれたのか、入浴剤はリラックス効果のあるラベンダーの香りだった。

風呂から上がると、疲労がピークに達したのか、千代の意識はふわふわと夢の中へ旅立とうとしていた。

新品の歯ブラシを渡されて歯を磨き、案内されるがまま寝室に入った。

「素晴らしいです。私の歯ブラシと千代さんの歯ブラシが並んで……」

何やら背後からぶつぶつと声が聞こえたけれど、目の前のベッドを見た瞬間に倒れ込み、そのまま眠ってしまった。

夢の中で、千代は何者かに追われていた。火と煙に行く先を遮られ、逃げ道が見つからない。助けを求めて闇の中に手を伸ばすと、温かい何かに触れる。

そのあとは夢を見ることがなかった。

「千代さん……」

耳元で誰かに名前を呼ばれた気がした。


「んー」

まどろみの中で寝返りを打つと、目の前には右京が眠っていた。

オフホワイトのタオルケットからは、素肌の上半身が覗き、逞しい筋肉の付いた腕が一本、抱き締めるように千代の背中に伸びている。

どうして……？　その疑問が脳に届いた瞬間、千代は覚醒《かくせい》した。

「ひっ！」

小さい悲鳴は、眠っていた右京の耳にも届いたらしく、目を瞑ったままの彼に抱き寄せられる。

「……ちょうどいいサイズです」

寝ぼけているのかそんなことを呟きながら、右京の腕は、千代の背中を撫で腰を通り過ぎたところで、千代は彼の手をパシッと叩いた。

「右京さん、何やってるんですかっ!!」

「はい……おはようございます。千代さんに起こしていただけるのって、素晴らしいですね。私はなんて幸せなのでしょう」

朝から意味がわからない。

「何でここにいるんですか!?」

「ダブルベッドですので」

「そういう意味じゃ――」

言いかけて気づいた。寝室はひとつしかないと右京が言っていたことに。だから昨夜は、ソファを借りようと思っていたのだ。

それなのに……。

「ひゃあああっ」

右京の手が、千代のふくらはぎをすっと滑った。

「もうっ!」

右京は何を言っても嬉しそうに微笑むだけだった。そればかりか、眠そうに横たわる姿は、妖艶でいて、美しい。ほどよく引き締まった上半身を惜しげもなく晒《さら》し、こっちへおいでと手招きする。

「まだ寒いでしょう？　温めてあげますから、さあ、こちらに」

ぱさり、と右京はタオルケットをめくった。

「え」

は、裸……？

「きゃ、あああっ！　いやー！　もう近寄らないでください！」

「千代さん？」

ベッドから這い出て隣のリビングに逃げる。バクバクと暴れる心臓を押さえながら、一刻も早くどこか別の場所に行かなくては、と心に決めて……。

朝食へ、と連れてこられたのはマンション一階のオープンカフェだった。常連らしく、右京が席に着くと、頼んでもいないコーヒーとマフィンの朝食セットが運ばれてくる。

「まだ怒ってるんですか？　下着、ちゃんと履いてましたよ」

「そ、そんなことで怒ってるんじゃありません！　しかもこんなところでそんなこと言わないでください！」

「そうですか。怒っていないのなら安心しました」

彼は表情を変えるとほっとしたようにコーヒーカップに口を付けた。

そう、千代はそんなことで怒っているわけではない。自分自身の迂闊《うかつ》さに腹を立てているのだ。

勝手にベッドに入ってきた右京を怒るわけにはいかない。あのベッドは彼のもので、一緒に寝ないという約束はしていなかったからだ。

疲れてそこに寝てしまった千代が悪い。

「もう絶対に油断しない！」

気を取り直して、ベーコンとスクランブルエッグのマフィンをかじり、コーヒーで流し込んだ。

『お昼のニュースです。昨夜夕方頃、吉祥寺のマンションの一室から出火する事件が発生しました。火は、気づいた住人にすぐに消し止められ――』

千代は、不意に耳に入ってきたニュースに身体を硬直させた。辺りを見回すと、小さなラジオを持った老人が、オープンテラスで外に目を向けて座っていた。

トーストを運んだ店員が「いい天気ですね」と当たり障《さわ》りのない会話を始め、ふたりはラジオから流れるニュースにはさして興味がないように青空を眺めていた。

『当時、この部屋の住人は外出しており、怪我人はいませんでした。警視庁は放火の可能性も含め、出火の原因を調べています』

機械から流れる淡々とした女性の声は、次の瞬間、一転して明るい声で季節の話題を話し始めた。

千代にとっては大事件だったが、千代以外の人にとっては無関係な他人の不幸なのだ。自分以外は昨日と変わらずに生活しているのが、どうしても千代をやるせない気持ちにさせる。

「さっき、マンションのオーナーのおばさんから電話があって、現場検証が終わったら、部屋をリフォームしたいって相談されました。しばらく住めなくなるし、敷金は全額返すから他に住む場所を探してくれって……」

暗に出て行ってくれと言われていることに、千代は気づいていた。

噂好きだったおばさんは、どこからかストーカーの話を聞き入れたらしく、最後まで同情するような言動だったが、結果的にはマンションが事件現場にされかねないということを危惧して千代を追い出すことに決めたらしかった。

下の階に被害が出なかっただけでも不幸中の幸いだ、などと言われてしまい、リフォーム工事の日取りを言われ早々に電話を切られたのだ。

「今日中に、住む場所を探しますね」

俯き、マフィンをひと口かじった。もう味はわからない。

「千代さん。そのことなのですが」

右京の硬い声に、千代は嫌な予感を覚えて顔を上げた。

不本意とはいえ、火事を起こしてしまった住人の新居など、簡単に見つかるとは思っていない。きっと彼もそのことを心配しているのだろう。

「千代さんさえ良ければ、一生ここにいてもいいですよ」

「……はい？」

「いえ、これでは失礼ですね。言い方を変えましょう」

真面目な表情のまま千代の手を握る。

「千代さん、私と結こん――」

「断固拒否します！」

千代は即座に右京の手から自分の手を引き抜いた。

彼は、そこから小鳥が飛び立ってしまったかのように、切なげに自分の両手を見つめていた。

「……残念です。まあ、冗談は置いておいて」

絶対、冗談ではないと思う。千代はすぐに立って逃げられるように、少しだけ椅子を引いた。

「このマンションの管理人と話をつけました。千代さんには本日中に空き部屋をご用意できそうですよ」

「ええっ！」

「実は、上司の、探偵事務所の所長がこのマンションのオーナーなのです。昨夜交渉して、落ち着くまではしばらくいてもかまわないと」

「そうなんですか……えっと、本当にいいんですか？」

探偵事務所の所長といえば、性格も口も悪くて金の亡者のような人だと思っていた。千代を見て金がないと判断した途端、急に態度を翻して追い払った人物だったけれど……実は良い人なのだろうか。

「ご安心ください。私の隣の部屋ですよ」

「それは安心できませんけど……」

それでも、しばらく住む場所を提供してくれるだけでも助かる。

実際は、入居に関する書類を用意し、保証人を立てたりと、順を追った手続きを踏まなければならないが、状況が状況だけに特例ということらしい。

それも所長の計らいだというのだから、驚いてしまう。

「で、でも家賃は？」

白金の高級マンションなんていくらなのか見当もつかない。

「大丈夫です。そんなことより、ずっと住人がいなかったので埃《ほこり》が溜まっていまして……午前中に室内清掃が入りますので、午後にご案内しますね」

それに、と彼は真面目な顔をして続けた。

「このマンションはオートロックで、エレベーターが止まる階を指定するにもカードキーが必要になります。非常階段も非常時にしか開きません。千代さんのお部屋は私の隣なので、何かあればすぐに駆けつけることができますし、ストーカーも、さすがに地上二十階にまで侵入しようとは思わないでしょう」

その他、郵便物専用のロッカーがあり、配達業者と顔を合わせずに荷物を受け取れるのも安心だ。それに共有スペースの至るところに防犯カメラが設置されていて、不審者が映ればすぐにわかるという。

「他のアパートやマンションではそうはいきませんが、ここなら管理会社に頼めば防犯カメラの映像も確認できます。オーナーが所長ですから簡単です」

もしもここに犯人が現れ、防犯カメラにその姿が映れば——。

ここまで考えての提案だとしたら、この人は本当にすごいと思う。

「右京さん……あの、ありがとうございます」

どこか常識がズレていて、少し……ではなくかなり変態気質で、初対面でいきなりキスをしたり、抱き着いたり口説いてきたりといった犯罪まがいの——いや、確実に犯罪になる行為を繰り返す人だけれど。

本当の、本当は、マトモな人なのかも……しれない……?

「いいえ、千代さんの悲しい顔は私も見たくはありませんから。笑顔になっていただけただけで、私は……」

ふと、彼はわざとふざけたことを言っているのではないかと疑問に思った。

気持ちが沈むと、右京は必ずおかしなことを言って千代を焦らせ、怒らせる。

それは、もしかして自分を元気づけるためなのだろうか。

「私は……理性を失ってしまいそうです」

こちらに向かって手を伸ばす右京から、身を翻してさっと避けた。先ほど、少しだけ椅子を引いておいたおかげで難なく逃げられたのだ。

「ああ、千代さん！　今ここでキスを、と思ったのに……」

「こ、困ります！」

やっぱりそんなわけない、と千代は思い直した。


その日の午後、一緒に行くと言ってきかない右京に、探偵事務所が所有するワゴン車を出してもらい、吉祥寺のマンションに戻った。

警察からやっと入室の許可をもらえたのだ。とはいっても、放火の疑いがあるため、必要最低限の家財を持ち出すことしか許されず、まだしばらくは立ち入り禁止となるらしい。

千代と右京は警察官立会いのもと、恐るおそる部屋へと足を踏み入れた。

「う、わあ……」

出火元のドアは、外側からは被害の様子はさほど窺えなかったが、内側は真っ黒く煤《すす》けていた。周囲の壁にも燃え移っていたらしく、壁紙が剝がれかけていて、焦げのあとが痛々しい。

ベランダの窓を破ったとは聞いていたが、リビングは思った以上の散らかり具合だった。

実際、燃えたのは玄関周りだけだったにもかかわらず、リビングのテレビやエアコンなどの電化製品は、熱のせいでプラスチックの部分が溶けてしまっていた。

テーブルは足が折れ、壁に立てかけられていたし、お気に入りのラグマットは土足で踏まれたせいで足跡がくっきりと残っていた。

唯一、形として残っていた冷蔵庫や電子レンジは、一見問題がなさそうに見えたが、延焼を防ぐために散布した消火剤の影響で、中の基盤が腐食している可能性があるらしい。

「ということは、燃えてなくてもここにある電化製品は、もう使えないってことなんですね……」

「残念ですが、そうなります。部屋のブレーカーが玄関付近にあったため、ショートによる延焼と二次被害を防ぎたかったのでしょう」

「そうですか……」

すべての家電を買い直したらいくらになるのだろうか、ということは考えないようにして、もう一度室内をぐるりと見回した。そして熱のせいで異様に変形した電気ケトルらしき物体を見つけて、炎の恐ろしさに身震いする。

もしもここにいたら、自分自身もこうなっていたのだろうか、そう考えると怖くなる。そして改めてストーカーという存在の恐ろしさを思い知った。テレビのニュースなどでいろいろな事件のあらましを見知ってはいたが、こうして自分の身に降りかかるとは思いもしなかった。

昨日、もしも探偵事務所から帰る際、右京の付き添いがなかったら。事務所を飛び出した千代を彼が追いかけて来てくれなければ。千代が咄嗟に彼に電話をしていなければ。

自分はもしかしたら、この世からいなくなっていたかもしれない——。

家を失ったショックの方が大きかったため、あまり深くは考えなかったけれど、千代は今、何者かに狙われている。相手の目的はわからないが、最悪の場合、命を奪われる可能性もあるのだろう。

誰かに殺されるかもしれない——これが実際に起きている現実なのだと、今はっきりと理解した。

「千代さん——」

トン、と肩を叩かれ、はっとする。

「だ、大丈夫です！　ちょっとショックですけど、仕方がありません。私は無事だったので、良しとしますよ！」

無理矢理笑顔を作り、まずは被害の少ない寝室を確認するために右京から離れた。俯けば震え出してしまいそうな身体も、動いていれば何とかなりそうだったから。

千代はブラウスの袖を捲ると、持ち出す衣類を片っ端から段ボールに詰めていく。作業に集中していると、余計なことを考えずに済むと気づいてからは、無言で手を動かした。

幸いだったのは、寝室の戸をしっかりと締めておいたため、この部屋だけは炎や熱の影響をあまり受けなかったこと。右京対策に、としたことだったが、お陰で出かける前に取り上げた千代のノートパソコンや、寝室のクローゼットにしまっておいた衣類はかろうじて無事だった。

煙だけは防ぎ切れなかったので、臭いはついてしまっていたが、クリーニングに出せば何とかなるだろう。ただし、洗うことのできない木材の家具は、焦げた臭いがこびり付いていたため処分することにした。

「千代さん、車に詰め込む荷物はこれが最後ですか？」

「はい、この段ボールで終わりです！」

声をかけられ、無理に笑顔を作り明るく返事をした。彼も気を遣ってか、何も言わずに手伝ってくれるのがありがたかった。

「それでは、帰りましょうか」

「はい。あの……手伝ってくれてありがとうございました、右京さん」

礼を言うと、右京は微笑んで千代の頭を撫でた。一瞬、身構えた千代だったが、彼は抱きしめることもなくその手を離し、彼は車の運転席に乗り込んだ。

マンションへ戻ると、室内清掃が終わった部屋へと案内される。

「昨日はよく見る余裕がなかったけど、改めて見るとすごいですね」

部屋のカードキーを渡され、室内へと足を踏み入れる。右京の部屋とは対称の間取りとなっていた。家具も何もないリビングは広々としていて少し味気ないけれど、仮の住まいなので仕方がない。

「千代さん、これは私からのプレゼントです」

そんな何もない部屋の寝室に、いつの間にか運び込まれていたのはダブルベッドだった。

「あ、ありが……え、これ大きすぎません？」

「ご安心ください。ふたりで寝るには十分な大きさです」

笑顔で答える右京は、白い壁に手を置き、コツンと額を押しつけた。

「この壁を隔てた向こう側は私の寝室です。そう、この邪魔な壁さえなければ……」

ぐっと握った拳に力がこもる。

「や、やめてください、右京さん！」

本気で壁に穴を開けそうな気がした千代は、思わずそう叫んだ。


千代はひとり、暗闇の中を走っていた。もう走れない、と肺が悲鳴を上げている。

それでも止まるわけにはいかなかった。

どうして？

それは、何者かに追いかけられているからだ。

もしここで立ち止まれば、相手に住居場所が見つかってしまう——そう思い直し、もつれる足を叱咤《しった》して体勢を立て直す。

逃げなければ、もっと遠くまで逃げなければ……でも、どこまで？

「……けてっ……助けて、右京さんっ」

暗闇の中、千代は涙ながらに訴える。思い浮かぶのは、ただひとりの顔だった。

不意に背後から腕を摑まれ、無理矢理振り向かされる。

捕まってしまったのだ。肩に食い込む爪が皮膚を裂き、うっすらと血が滲んでいる。

「い、いや……いや――！」

殺される――そう覚悟した瞬間、ふわりと温かいものに包まれた。

「大丈夫ですよ、私が守りますから」

誰だろう？

「悪い夢にうなされていたんですね。でも大丈夫です、私が一緒にいますから、こうしてずっと――」

……本当に？

頭を撫でられる。それは、千代を小さな子供だった頃に戻していくようだった。不思議な安心感に包まれ、思わずその腕に頬を摺り寄せると、ぎゅっと抱きしめられた。

優しい声をかけてくれて、温かくて、いい匂いのする人だと思った。

『……守りますから』

言葉どおり、そのあとは悪夢を見ることなく眠りについた。

――私が、守りますから。

耳にまだ、声の余韻が残っている気がした。

目を開けると、見知らぬ天井が見えた。昨日と同じ光景だということに気づき、がばりと飛び起きて横を見る。

千代ひとりでは大きすぎるサイズのベッドには、自分しかいなかった。

「夢……だよね？」

夢にしてはやけにリアルに人の気配を感じたけれど。

ベッドから降りて、急いで寝室とリビングの窓の鍵を確かめた。もし、誰かが侵入するとしたらベランダに面した窓からしかない。隣室のベランダとは壁一枚で隔てられているが、緊急避難時には破ることも可能な薄い壁。右京ならば、非常時でなくても破るだろうという確信があった。

「うん、大丈夫……」

窓の鍵がきちんと施錠されていることを確認すると、千代は次に玄関へ向かう。リビングと玄関を繋ぐ廊下の中ほどで止まり、チェーンが掛かっていることを目視して、足元に目を凝らした。

「こっちもオーケー」

右京が帰ったあと、寝る前に仕掛けておいた糸は、昨夜と変わらずピンと張っていた。足元付近の見えづらい位置に張った糸が切れていないのは玄関からの侵入者がいなかったことを意味している。これは昔、スパイ映画か何かで見た手法だった。

「誰かがいた気がしたのは夢だったんだ……」

千代は止めていた息をふーっと吐く。この部屋は安全なのだと、心から思えた。

今日は月曜日。こんな状況でも千代には仕事がある。

「一日くらい、お休みをして心を落ち着けてはどうですか？」

そんな提案をする右京に、千代は首を振る。

「大丈夫です。行かないと同僚に迷惑がかかるし、あと少し頑張れば契約更新してもらえそうなんです」

出勤の準備を始めた頃、玄関の呼び鈴が鳴った。一階のカフェで朝食を、と誘われたのは今から三十分前のことだ。

「こんなときに休んだら……それに、ひとりでいるといろいろ考えちゃって」

ハムやレタスを挟んだクロワッサンを完食し、カップに残っていたカフェオレを飲み干すと、千代は席を立つ。

いってらっしゃい、と声をかけてくれた店員に笑顔で応えた。

「そうですか。それでは、送り迎えは私に任せていただけませんか？　ストーカーが何者かわからない以上、用心するに越したことはありません」

千代が無言でいると、右京も立ち上がり一歩こちらに踏み出した。

「千代さん、お願いします」

顔を上げれば、真剣な顔の彼と視線が交差する。

「はい、あの……こちらこそ、よろしくお願いします」

いつもなら、ここで迫ってくる——そう思い身構えたけれど、彼は千代の手を取り、近くのバス停まで歩き出した。

「あ、あれ……」

何もなくて拍子抜けしてしまう。同時に、寂しく感じてしまい、そう思う自分に気づいてぶんぶんと首を振った。

「どうかされました？」

「い、いえ……あの、右京さんは仕事に行かなくて本当にいいんですか？」

「はい。こうして千代さんを悪漢から守ることが、今の私の最重要任務ですから」

右京はにっこりと微笑んだ。


人目が気になるため、会社から五十メートルほど離れたところで右京と別れると、いつもと同じように表玄関の横にある従業員通用口から入り、更衣室へ向かった。

「おはようございま――」

「千代ちゃんっ！　聞いたよ！」

扉を開けた瞬間、心配そうに駆けつけてきたのは真理子だった。

どうやら火事の噂をどこかで聞きつけたらしく、更衣室にいたその他数人からも質問攻めにあってしまった。

そのあとも他人の不幸に興味津々といった顔をしている人も含め、仕事場の受付にたどり着くまでにいろいろな人に声をかけられた。

「どうしてみんな知ってるの……」

ニュースでは千代の名前もマンション名も報道されていないはずだ。テレビがないので実際に見たわけではないが、それにしても話が広まるのが早過ぎるのではないか。

千代の部屋が火事になったと知っているのは、当事者でもある千代と一緒にいた右京、他には警察関係者と一部の交流あるマンションの住人くらいのはずだが——。

「……ちゃん、千代ちゃん！」

「うわっ、はい！」

呼ばれていた声に反応して立ち上がると、目の前に田島がいた。

「大丈夫？　顔色が悪いみたいだけど……」

「た、田島さん！　おはようございます。はい、えっと、大丈夫です」

「いろいろあって大変だったね。もうあの部屋には住めないだろう？　今はどうしてるの？」

「はい、あの……知り合いのところに」

田島は本気で心配してくれているようだった。

「知り合い？　そう……でも、何か困ったことがあったら何でも言ってくれてかまわない。有給も余ってるだろうから、しばらく休んでもいいんじゃないかい？」

「ありがとうございます、田島さん。でもわたしは元気です。大丈夫ですよ」

千代が微笑むと、田島は心配そうな表情を和らげた。そして腕時計を見て驚き、会議があると足早に去っていった。

「あれ……？」

ふと、違和感を感じて田島を振り返る。何かが違ったような気がしたのは、いつも一緒にいる高梨が隣にいないせいだろうか。

「千代ちゃん、朝礼始まるよ！　行こっ」

「あ、うん」

真理子に呼ばれ、千代は田島に背を向けた。


そのあとも社内の顔見知りから、同情や気遣いの言葉をかけられ、長い一日がやっと終わった。従業員通用口から出て辺りを見回すと、すぐに右京が駆けつける。

「お疲れさまです、千代さん」

「右京さん、わざわざすみません」

「夕食はどうします？　一昨日は地中海料理で、昨夜は中華でしたので、今夜は和食にしましょうか」

品川駅を通り抜け、白金台へ向かうバスに乗ったところで右京が提案した。

「あの、右京さん。今日は外食じゃなくて家で何か作って食べませんか？」

「え、家で、作って、ですか……？」

「はい、いつも外食ばかりじゃ、お財布にも身体にも悪いじゃないですか」

右京は火事の日から今までずっと、外食の食事代を千代の分まで支払っていた。こう毎回奢られては申し訳なく感じてしまう。

「何かリクエストありますか？　……あの、右京さん？」

驚いた表情のまま硬直していた右京は、はっとして我に返ると、千代の手を握った。

「とても嬉しいです！　まさか、千代さんが私のために手料理を振る舞ってくださるなんて」

「あ、はい。あの……だから何かリクエストあれば――」

「好きな人の手料理……昔から憧れていたのです！　千代さんと一緒にいられるだけでも幸せなのに、私を想って夕食を作ってくださるなんて……これは夢ではないでしょうか！」

右京は目をきらきらさせながら大きな声で続けた。

「う、右京さん……しーっ！」

狭いバスの車内、周囲が何事かとふたりをちらちらと盗み見ていた。状況を察して笑いを堪えている人もいる。そんな中、千代は焦りながらも右京を黙らせようと必死だ。

「そんなに喜ぶようなことじゃないですってば！」

「何をおっしゃっているのです？　手料理なんて滅多に食べられるものではございませんよ。選ばれた男のみが手に入れられる至高の品です。あなたは自分の価値をまったくご存知ない！」

「お、落ち着いてください。とりあえず静かにして……食べたいものを教えてください」

右京は千代をじっと見つめると、顔を近づけながら頬に触れる。

「では食事の前に、あなたをいただきたい……」

「ちょ――もうっ！」

ちょうどバスがマンション近くの停留所に止まり、千代は右京を突き飛ばすと、逃げるように降りた。

「ああ、千代さん！」

あとを追う右京を無視して早足で逃げる。

「最悪っ……もうあの時間帯のバスに乗れないじゃない！」

自分で触れた頬は熱くなっていた。

そわそわと落ち着かない右京と向かったのはマンションの一階にあるスーパーマーケット。彼にカゴを持たせて材料の野菜と肉を入れ、調味料と日持ちのする食材もついでに買い込む。

それから右京とは部屋の前で別れ、千代は食材をキッチンに並べて腕を捲るとニンジン、ジャガイモ、タマネギを乱切りにして手際よくカレーを作り始めた。

途中、右京が見学したいとやって来たので、キッチンカウンターから内側に入らないことを条件に許したのだが……。

「ちょっと！」

彼は約束どおり、カウンターの内側には入らないものの、あわよくば千代に触ろうと手を伸ばしてきた。

「キッチンに入らなければ何をしてもいいと」

「言ってませんっ！」

そんな彼を避けながら、千代は何とかカレーと付け合わせのサラダを完成させた。

「もうできましたから、右京さんはそこで座って待っていてください！」

そんなときだった。キッチンカウンターに置いておいた千代のスマートフォンが着信を知らせる。画面に電話番号は表示されず、非通知の文字のみ。

ごくりと唾を飲み、通話ボタンを押す。

「もしもし……」

無言――。

右京を見ると、彼はスマートフォンを寄越すように、と手を差し出した。千代は震える手でそれを彼に託す。

「お電話を代わりました。失礼ですが、どちら様……切られました」

「右京さん」

ドクン、ドクンと心臓が脈を打ち、肌がぞわぞわと粟立つ。

「大丈夫ですよ、千代さん。非通知の電話は着信しないように設定しましょう」

「はい……」

新居に引っ越したところで、状況は何も変わっていないのだと思い知らされた瞬間だった。

＊＊＊

足音を忍ばせ、寝室へと続く扉を開けた。ダブルベッドの真ん中には、千代が丸まって眠っている。

そっと腰掛け、髪をひと房掬った。

「うきょう、さん……」

思いがけず、千代の口から自分の名前が漏れ、身体を硬直させる。次の瞬間すうすうと静かな寝息が聞こえ、寝言だと気づいた右京はほっと息を吐いた。

千代の寝室とドア一枚で繋がっているウォークインクローゼットの壁には全身鏡が埋め込まれているが、その鏡が隠し扉になっていて右京の部屋と繋がっているとは思いもしないだろう。もしも知ったら、彼女は烈火の如く怒り狂うのだろうか。

それも見てみたい——そのときの彼女を想像すれば自然と頬が緩んでしまう。

「かわいい人だな……」

しばらく柔らかい髪質を楽しんだ右京は、さっと表情を改めた。

わずか数時間前、千代の元にストーカー犯とおぼしき人物から無言電話があった。

何でもないように装ってはいたけれど、そのあと千代は少しの物音でも怯え始めた。

顔の見えないストーカーに恐怖を感じている彼女を放っておくことができず、二十四時間態勢の警護を申し出たが、あっさりと拒否されてしまった。夜間は部屋から絶対に出ないから平気だ、と説得されて。

それでも心配で、危険だから風呂に一緒に入ろうと提案したが、彼女は怒ってしまった。食器を洗っているうしろ姿が儚げで、そっと近づいて抱き締めたら泡のついた手で顔をはたかれた。洗剤が目に染みて痛かったけれど、彼女は心配もしてくれず、そのまま部屋を追い出されてしまった。

気丈に振る舞ってはいるが、きっと内心では恐怖を感じているに違いない。

「ストーカーさえ現れなければ、一緒のバスタイムでした……」

そう、ストーカーさえ現れなければ、彼女は自分を受け入れてくれる——右京はそう信じていた。

せっかく朝から笑顔を見せてくれていたというのに、千代の表情が硬くなったのは無言電話のせいだ。

憎らしいストーカーの正体はまだわからない。

所長が協力してくれていたらすぐにでも見つかるだろうに、何度頼んでも彼は首を縦に振らなかった。費用は自分の給料から差し引いてほしいと懇願したにもかかわらず無視されたのだ。

『調査料さえ払えばいいのでしょう？』

『馬鹿かお前は。結局給料を支払うのは俺だ。即ち、お前の金は俺の金だ』

そんなやり取りを延々と繰り返しただけで、何も得るものはなかった。

「はあ……」

ため息が右京の口から自然と零れた。

「いや、来ないで」

不意に千代が寝返りを打ち、叫び始めた。

「やめて——誰、誰なの……」

「千代さん——」

そっと囁き、暴れる手を握る。そのまま子供にするように、ゆっくり背中を撫でた。

「右京さん、助けて……怖い……来る、誰かが」

「私はここにいます。千代さん、大丈夫です」

闇の中に伸ばされた腕ごと抱きしめ、耳元で囁く。トントン、と背中を叩いていると少しずつ小さな体から力が抜けていくのを感じた。

「大丈夫、大丈夫……」

安心したのか、寝息は次第に規則正しいものに変わり、千代は静かになった。彼女の涙が、右京のシャツに染みを作っていた。昨夜と同じ。千代は毎晩うなされている。

ずっとそばにいたいのだが、初日のことを考えると、一緒に寝ることは許されないだろう。だから夜明けには自分の部屋に帰らなければならない。

千代がこんなに怯えているというのに、何もできないでいることがもどかしい。

「必ず、犯人を捕まえます。そうしたら……」

そっと額に唇を押し付けると、起こさないように千代から離れた。

それからベッドの端に腰かけ、空が白みはじめるまで彼女の寝顔を見守った。


翌朝、朝食を食べに行こうと誘うと、千代がすんなり部屋に入れてくれた。昨日追い出された手前、簡単に入れてくれるとは思わなかった右京は、少しだけ驚いてしまう。

「……何してるんですか？　さっさと上がってください。これ以上放っておいたら、焦げちゃいます！」

朝食を作っていたのか、エプロンを付けたまま現れた千代は、右京が靴を脱いでいる間にキッチンへ戻った。

「コーヒーは用意できてますけど、カップには自分で入れてくださいね」

千代はホットケーキを作ったから、食べてほしいと言った。

手作りの朝食、ふたりきりの部屋——不意に、右京の胸の辺りに温かいものが込み上げてくる。何だか優しい気持ちになれる。不思議な感覚だった。

「これを幸せと言うのでしょうか……」

恐らく、そうなのだろう。右京は思い至ったと同時に千代を追いかけ、肩を摑んで振り向かせた。

「千代さん、いっそのこと同じ部屋で暮らすという案は——」

「却下します！」

パシ、と手を叩かれた。

「そんな……夕食に続いて朝食まで作ってくださっているのに、ですか？」

「べ、別に……ついでですから！　送り迎えもしてもらって、助かってるから感謝してるんです。それだけです！」

千代は背中を向けながら言うと、二枚重ねのホットケーキを真っ白な皿にのせてテーブルに置いた。それからバタバタと忙しそうに冷蔵庫と電気コンロの間を往復する。

怒りながらも謝意を示す姿が健気でかわいらしい。

「千代さんは優しい人ですね。好きです」

「ど、どさくさに紛れて何を言ってるんですか⁉　はい、バターとメープルシロップです。好きなだけかけてください！」

目を合わせてはくれなかったが、ほんのりと千代の耳が色づいていたのを右京は見逃さなかった。

「ありがとうございます、千代さん。いただきますね」

用意されたナイフとフォークで切り分け、ホットケーキをひと切れ口に入れる。

「これは……おいしいです！　初めて食べました。千代さん、甘くてフワフワしていて、とてもおいしいです！」

「そ、そうですか」

「昨日も申しましたが、千代さんの手料理はどれも絶品ですね。あのような優しい味のカレーライスは初めて食べました。このホットケーキも、とても優しい味がします」

「ええと、たぶんそれはスパイスを入れてないからだと思います。ホットケーキはホットケーキミックスの味ですよ？　隠し味も使ってないシンプルなものです」

「初めて食べました」

「もう、右京さん。普段もっといいもの食べてるんじゃないですか？」

呆れながらもクスクスと笑う千代の笑顔が眩しくて、右京は思わず目を細めた。これを幸せと言わずして何と言うのだろう。

「そうだ。右京さん、あの……聞いてもいいですか？」

カウンターを挟んで立ったままホットケーキを食べ終えた千代が、思い出したように尋ねる。

「はい、何でしょう？」

「私の部屋に侵入していないですよね？　その、夜とか……」

上目遣いで疑うように見る千代がかわいくて、思わず右京はクスリと笑いを漏らした。

「ホットケーキのシロップをかけて、あなたを食べてしまいたい」

手を伸ばし、カウンター越しに頬に触れる。

「――もう！　さっさと食べてください！　わたし遅刻しちゃいます！」

千代は赤い顔をして身体を反転させると、空になった自分の皿を持って流しで洗い始めた。

「本当に……かわいい人です」

ぽつりと口から零した言葉が聞こえたらしく、千代は振り返り赤い顔のまま右京を睨んだ。

「あ、右京さーん」

探偵事務所へと続く階段の手前で声をかけられて、右京は立ち止まった。

振り返れば、一階のカフェのオーナーが店の前で手を振っている。

鈴原《すずはら》さん、おはようございます」

「おはようございます、今日はいらっしゃらなかったわね。お仕事忙しいの？」

「ええ、実は――」

毎朝通っていたにもかかわらず、今日は行かなかったことを詫びながら、右京は自慢にならないように気をつけつつ、コホンと咳払いをしてから話し始めた。

「千代さんがホットケーキを私のために作ってくださって」

「あら、だから嬉しそうなのね。ふふ、うらやましい。可愛い彼女さんができて良かったですね。結婚のご予定は？」

「ええ、近々……」

そうなればいい、という願望を込めて言うと、彼女は瞳をきらきらさせた。

「まあ素敵、そしたらお祝いさせてくださいね。二次会はぜひうちでガーデンパーティー風にしましょう」

「はい、そのときはどうぞよろしくお願いします」

右京は深々と頭を下げた。頭を上げる頃にはすでに、隣に立つ千代の純白のウェディングドレス姿が容易に想像できていた。

事務所に向かうと、すでに所長は外出していて不在だった。右京が抜けてしまった穴埋めのために、調査に出かけているのだろう。

自席のノートパソコンを立ち上げ、起動するのをじっと待つ。すると控えめなノックの音が聞こえた。顔見知りの郵便配達員だった。いつものように探偵事務所宛の郵便物を受け取ると、彼は最後に小さな包みを差し出した。

「あと、こちらなのですが、住所が途中で切れていて、でもこの辺りに右京さんと同じ名字の人はいないのでお持ちしたんですけど……」

それは黒い包み紙に入った十センチ四方の定形外郵便物だった。プリンターで印字されている紙が貼られているが、番地の一部が抜けていた。宛名は『右京様』とだけ書かれている。事務所宛てなのか、右京本人に宛てたものかも不明だ。

差出人の名前はなく戻すに戻せなかったが、宛名に見覚えのあった内勤のスタッフが気を利かせてくれたとのことだった。

「恐れ入ります。わざわざありがとうございました」

右京は郵便物を受け取りデスクにそっと置いた。思ったより重くはない。

「さて、どなたからでしょうか……」

探偵事務所に不審な荷物が届くのは、今回が初めてではない。職業柄、思わぬところで反感を買うことだってあるのだ。

郵便物に耳を当ててみるが時計などの秒針音や電子音などの異音は確認できなかった。

壁伝いに並んでいるラックから金属探知機を取り出し、スイッチを入れ近づける。針が即座に反応を示した。重さから、金属の使用はまずないと予想していただけに、右京は目を瞠る。

次に、デスクの引き出しを開け、ネジやドライバーが乱雑に収められている中からカッターを見つけると、小包の外装を慎重に剝がしていく。

現れたのは高級な茶碗が入っているような木箱だった。

「桐の箱に、金属探知機の反応ですか……」

両手で蓋《ふた》を摑み、ほんの数ミリほど持ち上げてみる。この作業は少しの気の緩みも許されない。

手に受ける感覚から蓋に仕掛けはないと判断した右京は、少しずつそれを持ち上げた。

蓋を完全に外したが、中身はまだわからない。桐箱の中には、厚紙で組み立てたようないびつな箱がもうひとつあったからだ。そして上部には三つ折りの白い紙。前面にワープロの明朝体で大きく『警告』と書かれている。

鮮やかな深紅の文字に、右京は思わず目を瞬《しばた》いた。

『蓮水千代に近づくな。近づけば、彼女は――』

折り曲げられている紙の内側に、そんな文字が見えた。続きはまだ読めない。

近づけば、千代に何をするというのか。右京は続きを確認するために三つ折の紙を持ち上げた。

瞬間、その紙が引っ張られる。何かが外れた気配がした。同時に、火薬の微かな臭いに気づく。

咄嗟に椅子を引くが、遅かった。

「――っ！」

爆竹のようなけたたましい爆発音が数回続き、しばらくしたのち、室内が静寂に包まれる。

そっと目を開くと、周囲は火薬の臭いと白煙に包まれていた。紙箱の中に仕掛けてあった火薬に引火したのだ。

周囲には、箱の中に仕掛けられていたカミソリやカッターの替え刃、小さな釘や画鋲《がびょう》などの金属片が散らばっていた。これが金属探知機で反応したものなのだろう。割れたガラス片も混在しているが、どこでも手に入る日用品や文房具の類だった。

ワイヤーと繋がった紙を引くとストッパーが外れ、箱の中の火薬に着火する簡単な仕掛けだ。着火剤はマグネシウムかリンか――。

木箱は上部が爆風で壊れているが、下部は原型を留めていた。幸か不幸か、それとも爆発の威力を考えていなかっただけなのか、梱包に使った木箱が意外にも頑丈だったために、威力が抑えられてしまったようだ。音は派手だったが、大した被害はない。

「……手の込んだ仕掛けですね。ですが、少々詰めが甘い。初心者の作る代物《しろもの》だ」

右京はデスクの上に転がっていた黒く煤けた画鋲を摑み呟く。そんな仕掛け爆弾に引っかかった自分も詰めが甘かった。それが無性に腹立たしい。

これが千代を狙うストーカーから送られたものだとは気づいてはいた。が、手紙の脅迫文が気になり、焦ってしまった。しかし、爆発のせいで紙は散り散りになり、続きはもう読むことができない。

右京はため息をつき、握ったままの紙片を見つめる。今回、ストーカー犯は千代本人ではなく、近くにいる人物に攻撃を仕掛けてきた。それが何を意味するのか――。

犯人は彼女自身を傷つけたいわけではない。むしろ、独り占めをしたいような印象だと、右京は思う。

しかし、だとしたらあの火事はいったい何を意味するのだろうか。下手をすれば千代が巻き込まれていたかもしれないというのに。やっていることが支離滅裂な気がしてならない。

「はあ……プロファイリングは苦手なのですが」

痛みはじめた腕を見れば、爆発の衝撃で飛び散った金属が当たったのか、右腕は数ヶ所の切り傷と火傷《やけど》で、赤く腫《は》れていた。咄嗟に顔を庇《かば》ったせいで金属片で負傷した腕を見て、右京は思わず舌打ちをする。

脈拍と同じ速さでズキンズキン、と痛みが走る。痛み自体は我慢できるが、どうしても集中力が切れてしまう。右京は一旦考えることをやめ、壁際のラックから救急箱を取り出した。

利き手とは逆の手で処置をするが、なかなかうまくいかない。常日頃《つねひごろ》から「利き腕で庇うな」と所長に言われていたことを思い出す。

そんなことをいくら言われたとしても、咄嗟の出来事において利き腕が出てしまうのは仕方のないことだというのに。この怪我を見れば、また所長はちくちくと嫌味を言うに違いない。

「まったく、これで半年は文句を言われてしまう……」

こんな失態は、三年ほど前に浮気現場を押さえるために塀によじ登り、着地に失敗して以来だ。あの時は一眼レフの望遠レンズを下敷きにしてしまい、二ヶ月もの間、修理代を給料から天引きされた。

嫌なことを思い出してしまい、右京はきゅっと眉根を寄せた。

「とりあえず、所長に見つかる前に片付けましょうか」

デスクの周りをぐるりと見回す。所長が帰ってくる前に室内の換気をして、散らばった木片や金属片の掃除もしなければならない。だが、おそらく所長は気づく。

どう言い訳をしようと、嫌味を言われることに変わりはないだろう。右京は静かに嘆息した。

＊＊＊

業務終了後。いつも右京が待っていてくれる場所には、派手な金髪の男がこちらに背を向けて立っていた。

光沢のある漆黒のスーツ。襟元から覗くシャツは幾何学模様のカラフルなもので、スマートフォンを耳に当てている左手にはギラギラと光るシルバーリングがはまっている。

とにかく近づきたくないタイプの人間だった。

「右京さん、いつもはもう待ってくれてるのに……」

少し離れた場所で右京を待っていると、金髪男が振り返る。

「え……ええっ、右京さん!?」

千代は思わず駆け出した。

「はい、燃えカスから推測するに、市販の花火を改造して――千代さん！」

金髪男――もとい右京は、すぐさま電話を切ると、いつものように微笑みかけてきた。

「お疲れ様でした。さ、帰りましょうか」

「イ、イメチェンですか？」

千代の視線の先に気づいた彼は、苦笑いで自分の髪をかき上げた。

「ええ、木を隠すなら森と言いますし、ある潜入捜査で必要がありまして」

金色の髪が夕日を照り返して眩しい。

思わず目を細めて右京を見た。雰囲気こそ違うものの、その笑顔はいつもの優しい――いや、不可思議な彼そのものだった。

「千代さん？」

「え？　あ、あの、電話切っちゃってよかったんですか？」

思わずまじまじと見てしまったことに気恥ずかしさを覚え、急いで視線を逸らした。

「いいのです。ただの所長ですから」

「ただのって……」

仕事の話をしていたのではないのだろうか。訝る千代をよそに、右京は高級そうな腕時計をちらりと見る。

「一時間前に別れたばかりでせいせいしていたところです。今は私の心を千代さんでいっぱいにすることが先決です」

「そうですか。お仕事だったんですか？」

いちいち突っ込むと疲れると悟った千代は軽く受け流した。

「ええ、簡単な張り込みの仕事です。また交代しなければなりませんが……」

多くは言えないが、と前置きした右京は、詐欺師である男を追って六本木にある『天使の休息』というホストクラブ付近を張り込みしている、と話した。

「あの、そんなことを話してしまって、結構な機密事項をわたしにばらしてると思いますけど」

「ふふ、お気になさらず」

右京は気にする様子もなく言うと、千代の手を取り路肩に止めてあった黒い大型バイクの前へ移動し始める。

「仕事先から来たものですから、こんな乗り物で申し訳ありませんが、ご一緒していただけますか？」

「仕事があるんだったら今日くらい、わざわざ迎えに来てくれなくても、わたしひとりで帰れますよ。忙しいならそう言ってくれれば――って、右京さん!?　この手どうしたんですか？」

繋がれた手に違和感があって見てみると、彼の手には包帯が巻かれていた。

「ええと……実験中に、ちょっと火傷を」

「じ、実験!?　何のです？　もう、気をつけてくださいよ。ちゃんと病院行きました？」

包帯の巻かれた手を気にしつつ、右京を見上げると、嬉しそうに微笑む彼と目が合った。しまった、と思ったときには遅かった。繋がれたままの手を引かれ、ぎゅっと抱き締められる。

「う、右京さん！　会社がっ！　近いっ、のでっ、こういうことは、困ります！　ホントに！」

「ああ、すみません。嬉しくて興奮してしまいました。心配してくださってありがとうございます」

「急に何てことするんですか！　もうっ」

「そうでした。ふたりきりのときに、ですね」

内緒、と人差し指を唇に当てている彼に、千代の想いはまったく通じていなかった。

「ところで、ストーカーの件で千代さんに質問があります。よろしいでしょうか？」

「……今度は何です？」

急に改まった口調に千代は咄嗟に身構える。次にお姫様抱っこがきたら、瞬時に鳩尾《みぞおち》あたりに肘をねじ込むつもりだ。

「千代さんの現在のお住まいをご存知の方はいらっしゃいますか？」

「今いるマンションのことですか？　実は混乱すると思って、まだ誰にも……前のマンションに届いた郵便物の転送手続きはしましたけど」

両親には心配をかけまいという思いから、引っ越しを考えているとだけ伝えていて、火事のことは話していない。

「今はまだ仮の住まいだし、説明がいろいろと面倒なので、派遣会社にも友達の家に居候させてもらってるって話してあります」

「では、千代さんの住まいは誰もご存知ないということですね？」

「あ、同じ派遣社員の真理ちゃん――佐藤真理子には話をしました。今は白金台にいるっことだけですけど」

「そうですか……」

彼は、何か考えるように顎に手を当てて路上の一点をじっと見つめていた。

何か問題でも起きたのだろうか、不安に思いながら右京の横顔をじっと見つめる。

「その方に私のことを話しましたか？　名前や職業、千代さんとの関係についてなどですが」

「えっと、右京さんの名字だけです。話の流れでつい……」

関係については、彼女は勝手に勘違いしている部分はあるが、右京を喜ばせるだけなので黙っておくことにした。

「名字だけ、ですか」

そのあとに続く沈黙が気になる。どうして彼はそんなことを聞いてくるのだろうか。

「あの、真理ちゃんには、右京さんのことは口止めしましたし、もちろん職業が探偵とも言ってません」

「しかし私の名前を知っていて、千代さんが今お住まいの場所もある程度はご存知ということですよね？」

含みのある言い方が気になる。まるで真理子を疑っているように感じた。

「……だから何だって言うんです？　引っ越してからは不審な電話があっただけで、まだ何も問題は起きてないですよね。それとも何かあったんですか？」

右京の目をじっと見つめた。けれど彼は無言で逸らすと、バイクのシートを持ち上げて中からヘルメットをひとつ取り出した。その誤魔化すような素振りに、千代ははっと気づく。

「右京さん、もしかしてその右手って――」

「何でもありませんよ」

「何かあったんですね。それで右京さんは、今わたしが住んでる場所を知ってる真理ちゃんが犯人じゃないかって疑ってる。そういうことですね？」

「違いま――」

「嘘を吐く人は嫌いです」

そう言うと、右京は唇を引き結んだ。

「真理ちゃんを疑ってるんですか？　どうして？　そんなはずあるわけないじゃないですか。今日だって一緒に仕事してました。ちゃんとアリバイがあります。真理ちゃんはいい子です。それに女の子ですよ？」

しばらくの無言ののち、右京は諦めたように息を吐いた。

「驚きました。思った以上に聡《さと》い人だ」

独り言のように呟くと、右京は千代に向き直り口を開いた。

「おっしゃる通りです。本日、ストーカー犯より郵便物が届きました。中身は仕掛け爆弾でした」

「え、ば、爆弾？」

「安心してください、千代さんを狙ったものではなく、宛名は私です。ストーカー犯からの警告でしょう。これが探偵事務所宛てか、それとも千代さんが私の家に居候していると勘違いした犯人が、家の方に送ったのかはわかりません。何しろ、勤務先と家の住所が同じですからね」

千代の住所をある程度知っていて右京の名前を知っている人物が爆弾を送った。その人物がストーカー犯ということだ。

「そんな、右京さんまで巻き込んで……わたし……」

自分の周囲にいる人にも危害が及びはじめている。

怖い……震える手をぎゅっと握ると、右京は千代の肩を抱き、顔を覗き込むように腰を落とした。

「あなたのせいではありません。不注意で爆発させてしまった私の責任です。そんな顔をしないで……。とにかく、ストーカーが異性とは限りません。いいですか。千代さんの周囲にいる人物すべてを疑うことは、捜査上必要不可欠なことです。今回のように相手が誰かもわからない場合はなおさら用心しなくてはなりません」

「でも、真理ちゃんはストーカーとか、そういう陰湿なことをする子じゃないです」

「そうでしょうか？」

「私の友達です。いい加減なことを言うと怒りますよ！」

「怒ってくださって結構です。あなたを守るためなら、私は何でもします。たとえ相手が千代さんの大切なご友人でも……」

笑顔を消した右京は、包帯の巻かれていない方の手で千代の頬に触れた。その冷たさに、千代は一瞬たじろぐ。

「右京さ――」

「さあ、帰りましょうか」

彼は一転、にっこりと微笑むと手に持つヘルメットを千代に被せた。

「ちょ、ちょっと右京さん⁉　話はまだ……」

いくら文句を言ってもこれ以上は聞く気がないのか、右京はハンドルにかけてあった自分のヘルメットを被り、バイクに跨《またが》りキーを回す。

「さあ、千代さん、ここに座ってください」

「でも――」

「大丈夫ですよ、乗っても倒れませんから」

千代は大人しく彼の後ろに乗ることにした。あとで必ず聞き出してやる、と心に決めて。


そう思ったにもかかわらず、右京はのらりくらりと質問をはぐらかし続けた。聞かないでもわかる。彼は真理子を疑っているのだ。頭にきていた千代は翌朝、右京に黙っていつもより早めに家を出た。そのまま会社近くのカフェに入り朝食セットを注文してひと息ついていると、ようやく気がついたらしく右京から電話がかかってくる。それも無視すると、千代は窓からの景色を見ながらコーヒーに口をつけた。

「おはよー千代ちゃん、ちょっとちょっと、見～た～わ～よ～」

「お、おはよう……何を見たの、真理ちゃん？」

出社して制服に着替えていると、更衣室の扉を開けた真理子がにまにまと嫌な笑顔で近づいてくる。

何でも知ってるんだから、という表情に思わず千代はあとずさった。

「もう、千代ちゃんったら、次の彼氏は金髪のバイク乗りってわけ？」

「へ？　ち、違うよ！」

昨日のことを見られていたのだと気づき焦る。会社の前であんなやり取りをしていたのだから当たり前だろう。

「んで、右京さんはどうしたのよ？」

「ど、どうもしてないし、今までもどうもなってないからっ！」

「やだ、隠さないで教えてよ！　別れたの？　それともケンカ中？　右京さん、ずっと迎えに来てくれてたのに昨日は違う人だったから、びっくりしちゃったよ」

「あは、ははは……」

機会があったら右京に教えてあげよう。あなたの変装は成功していますよ、と。

「ところでさ、右京さんは何の仕事をしてる人なの？」

真理子の質問に、千代ははっと我に返る。

「あ、えっと、ただの……サラリーマン、だよ」

　正直に彼の職業を話すわけにはいかず、千代は咄嗟に嘘をついた。

「……ホントに？　あ、じゃあさ、今、白金台の友達の家にいるって聞いたけど、それって右京さんでしょ？　あ、それとも昨日の金髪の彼？」

「ぜ、全然違うってば！」

「焦ってる。ね、どっち？　教えてよー」

「いや、その……っていうか、どうしてそんなに知りたがるの？」

　思わず口を突いて出た言葉にはっとする。ストーカーが異性とは限らないと言った右京の言葉が、嫌でも脳裏を過ぎった。

　真理子に限ってそんなはずはないと否定し続けているにもかかわらず、千代は彼女に何も告げられない。心の奥底では右京の話を信じているからだろうか。

「もう、前はいろいろ話してくれてたのに、右京さんが絡むと秘密主義になるんだから。右京さんはどこに住んでるの？　そもそもどこで出会ったワケ？　それくらいは教えてくれてもいいんじゃない？」

「う、うん……」

　着替え終わった真理子は、ロッカーの扉を閉めると千代をじっと見つめる。そのまっすぐな視線を避けるように、千代は目を逸らした。今、自分の命が狙われているかもしれないこの状況で、真理子にどこまで話すべきなのだろう。

「ふうん、やっぱり言いたくないんだ」

先ほどとは違った声のトーンに驚き、隣に立つ真理子を見る。

「火事のときだって、会社に来て初めて知ったんだよ？　どうして連絡してくれなかったの？　連絡くれれば、すぐに駆けつけたし、あたしのところに来てくれてもよかったのに」

「真理ちゃん、その……」

「ま、いいけどね。誰だって人には言わない秘密のひとつやふたつくらいあるもんね。あたしもあるし、お互い様か」

「ま、真理ちゃん……」

「おおっと、そろそろ行かないと！　じゃあね」

笑顔で言うと、真理子は千代を置いていってしまう。

――ストーカーが異性とは限りませんよ。

右京の言葉がまた蘇る。そんなはずないと自分に何度も言い聞かせながらひとりになっていた更衣室をあとにした。


いつもと変わらない、退屈でのんびりとした一日が過ぎた。タイムカードを押すと、そこには、昨日と同じ退社時刻が刻印される。

「お疲れさまでした」

すれ違った社員に挨拶をして更衣室に向かう。いつもと同じなのに、隣に真理子はいなかった。

彼女は用事があると言って途中で別れたのだ。

「はあ……」

更衣室に戻り、バッグの中のスマホを見る。右京からの着信が数件と、一通のメッセージ。

朝、無視して置いていってしまったにもかかわらず、彼は迎えに来ているらしかった。

それがなぜか嬉しくて、同時に罪悪感も生まれる。

「右京さんに謝らないと。っていうか、仕事が終わる時間伝えてあるのに、どうして一時間も早く来るのかな」

思わず笑ってしまう。千代はメッセージを返すと急いで着替え始めた。今日は凝った夕食を作ってあげようかと考えながら荷物をまとめる。

「あ、受付に化粧ポーチ忘れてきちゃった！」

いつもより空間の空いたバッグの中を見て気づいた千代は、待たせている右京に悪いと思いながらもポーチを取りにいくことにした。

更衣室を出て出口とは反対方向へ向かう。ショールームへと続く廊下の電気は既に落とされていて、非常口を知らせる緑色のランプだけが煌々《こうこう》と辺りを照らしているだけだった。

その暗い廊下を抜け、千代は開けた空間に出た。この時間、客がいなければショールームの電気はすべて消され、社員は二階の事務所に戻ってしまう。

千代は歩き慣れたフロアを抜け、受付ブースまで難なくたどり着いた。

「あった！」

デスクの上に置いたままになっていた化粧ポーチを掴む。

その瞬間、どこからか足音が聞こえ、はっと振り返る。

薄暗いショールームに小さく反響する足音は、どこから聞こえてくるのかわからない。

「真理、ちゃん？」

しんと静まり返った周囲に、自分の声が響いただけだった。

気のせいかもしれない。ストーカーのせいで過敏になっているだけ——自分に言い聞かせ、ごくりと唾を飲み込む。

千代は化粧ポーチをバッグに押し込むと、走り出したくなる衝動を押さえ、暗い廊下を歩いた。

さすがのストーカーでも、社内にまでは侵入できない。ショールームの入口はしっかり鍵をかけたし、従業員通用口はカードキーがなければ中に入ることができないのだから。

けれど、もしもストーカーが社内の人間だとしたら。

右京は手を火傷したと言っていた。彼を見つけたとき、電話で話していたのはそのことだろう。市販の花火がどうの、と話していたのではなかったか。

花火、と聞いて思い出すのは、つい先日、真理子とした会話だった。彼女は、使い忘れた去年の花火を持っていると言っていた。

真理子がストーカー犯？　……いや、そんなはずはない。考えを打ち消すようにぶんぶんと頭を振る。

誰かに見られている。視線を感じたのはそのときだった。

暗い廊下で足を止め、振り返り背後を見つめる。

「だ、誰かいるの……？」

けれど、そこには誰もいない。

浅い呼吸を繰り返し、勝手に暴れ始める心臓を押さえる。

ストーカーも恐ろしいが、目に見えない幽霊という存在もちょっと怖い。

「千代ちゃん……」

不意に背後から、肩にトンと手が置かれた。

「ひっ……きゃあああああ――!!」

「ど、どうしたの!?　何があったの？」

驚いて、思わずしゃがみ込んでしまった千代に声をかけたのは田島だった。

「お、おど、おど……脅かさないでください、田島さんっ！」

「いや、ごめんごめん。電気も点けないで、誰が何してるのかと思って」

田島は申し訳なさそうに頭をかいて言った。

「あ、受付に忘れ物しちゃって。電気点けるほどでもないかなって」

「そうか。千代ちゃんでもそんな失敗するんだね。おいで、ここからなら社員用の駐車場から出た方が早いから、一緒に行こうか」

この廊下から社員通用口までは遠い。駐車場からならすぐに外に出られるのだ。一時間以上も右京を待たせてしまっている手前、千代は少しでも早く外に出たかった。

「ありがとうございます。派遣社員用のカードキーだと駐車場からは出られないので助かります」

その言葉に満足したように、田島は笑顔を返す。

「今は白金台に住んでるんだって？」

「はい。期間限定ですけど……真理ちゃんから聞いたんですか？」

「いや、違うけど」

「そう、ですか……」

「そういえば、いつも迎えに来てる彼、金髪になってたね。すごいバイクに乗っていて、あまりの変わりように驚いたよ」

駐車場へと続く扉をカードキーで開けた田島は、背中を向けたまま言った。

「あは、ははは……」

田島にも昨日の右京を見られてしまっていたらしい。千代は乾いた笑い声を発した。

待ち合わせ場所を変えるべきかもしれない……でないと、いずれ社内の人間全員に知られてしまう気がする。

どうぞ、と田島にレディファーストで譲られ、断るわけにもいかず千代が先に扉を通り抜けた。そのあとを追うように、田島が背後に立って歩く。

ひやりと冷気が肌を包み、湿気を帯びた駐車場独特の臭いが鼻を掠《かす》める。数台の車が停まっているだけのひとけのない駐車場は暗く、陰鬱《いんうつ》な雰囲気だった。

そんな空気を打ち消すように、千代は会話を続けようと口を開く。

「でも、よく同一人物だってわかりましたね。わたしなんて近づかなきゃ――」

近づかなければ、金髪の男が右京だと気づかなかった。

ドクン、と心臓が跳ねる。

そうだ、真理子だって金髪の男と右京が同一人物だとまったく気がついていなかった。

「どうしたの、千代ちゃん？」

ふと、この前も感じた田島に対する違和感の正体に気づいた。彼は千代のことをずっと、蓮水さんと呼んでいたのではなかったか。それなのに今は……ぞくりと背中に悪寒が走る。

「あの、田島さん……どうして気づいたんですか？」

千代は歩みを止めず尋ねる。

「何をだい？」

心臓の激しい鼓動が警鐘音のようにガンガンと鳴り響いている。

本能がこの場から逃げろと言っていたが、千代は疑問を口にした。

「その金髪の人が、いつも迎えに来ている人だって……」

背後の田島を振り返った。

「ああ、そりゃそうさ。いつも見ていたからね……君を」

田島は笑みを深めて呟いた。

＊＊＊

『お疲れさまです。着替えたらすぐ向かいますので、もう少し待っててください』

いつもの場所で待っていると、そんなメッセージが届いた。

数分後に現れるだろう千代を今か今かと待った。右京を見つけると小走りで駆けてくる彼女は、息を切らしてすみません、と詫びる。

「千代さん……」

付き合いたての初々しい恋人同士のようで、このやり取りは少しだけ気に入っている。だから待つとわかっていても一時間も前に来てしまうのだ。

今朝は会えなかった。このまま会えなかったらどうしようかと思うと、今日は仕事に集中できなかった。

けれど、もうすぐ会える。

「いつまでも待っています。千代さんに、待たされるのも嫌いではありません」

スマホの画面をうっとりと見つめ、右京は小さく呟いた。

と、視界の端に、すさまじい速さでこちらに直進してくる人影が写る。それはいつも千代の隣に座り、仲睦まじげに話している相手、佐藤真理子だった。

鬼のような形相《ぎょうそう》でまっすぐに右京を睨み、目の前でピタリと止まる。

「あのー、ちょっといいですか!?」

彼女は喧嘩腰で、語気荒く尋ねてきた。

「はい、何のご用でしょうか？」

周囲にさっと目を走らせて千代の姿を探したが見当たらない。焦ってはいけない、と努めて冷静に返事をする。

それでも、千代に何かあったのでは——と、そんな不安が湧き起こり自然と体が硬直した。

「あなた、昨日からここで千代ちゃんを待ってますよね？　いったい千代ちゃんの何なんですか!?」

「……そう言うあなたこそ、千代さんの何なのです？」

まるで自分が千代の保護者だというような言い方にむっとして、右京は思わず言い返した。

「私は千代ちゃんの一番の友達です！　言っときますけど、千代ちゃんには右京さんっていう心に決めた人がいるんです！」

「心に、決めた？　千代さんがそうおっしゃったのですか？」

「それに隠したって無駄ですから。あたしは見ればわかるんです！　あなた、絶対変態だわ！　チャンスがあれば千代ちゃんをどうにかしてやろうっていう、そんな目をしてるもの！」

ふわりと浮上した気持ちが一気に沈み、逆に怒りが湧いてくる。

「私が変態と？　唐突に何てことを……初対面の相手に対してあまりにも失礼では——」

「大事な友達の千代ちゃんをあなたみたいな変態には渡さないんだから!!」

「待ってくださ——」

「わかったらさっさと帰りなさい！　ハウスよ、ハウース!!」

変態扱いの次に右京を犬扱いすると早口で命令する。真理子の方が、まるでキャンキャンとうるさい小型犬のようだった。自分の都合のいいように解釈し、旦那が浮気をしたのはすべて他人のせいだと叫ぶクライアントによく似ている。こういうタイプの人間はこちらが何を言っても無駄なのだ。

うんざりして言い返すこともせず黙っていても、彼女は言い足りないらしく、まだ喚《わめ》き立てている。手に持っていたスマートフォンがけたたましいアラームを鳴らしたのは、そんなときだった。

画面には、警告と移動中の文字。千代に持たせている防犯ブザーの内部に取り付けた発信機が、ものすごい速さで移動し始めている。

慣れた動作で画面をGPS表示に切り替える。千代の位置を知らせる赤い点滅がどこかへ向かって進んでいた。

「これは……車で移動している？　いや、まさか」

疑わしいと感じていた真理子は目の前にいる。では千代を連れ去ったのは——。

「隠しても無駄よ、あたし人を見る目は自信あるんだから――って、どこ行くのよ⁉」

右京は急いでヘルメットを被りハンドルの横に取り付けてあるホルダーにスマートフォンをセットした。運転中も千代の現在地を見逃さないためだ。

その間にも彼女はどんどん遠ざかっていく。距離が開く前に追いつかなくては、と右京は力任せにバイクのキーを回した。

「こら、待ちなさい変態！　逃げる気――」

大きな音を立ててエンジンが回転し始め、真理子の声を一瞬だけ掻き消してくれた。

「千代さん……！」

もはや真理子のことなどどうでもいい。右京はハンドルを右に切った。

小回りの利くバイクは車の間を縫うように走り、千代との距離を少しずつ縮めていく。

しばらくすると、雑音交じりに音声が届いた。千代に渡しておいた防犯ブザーには発信機と共に念のため、と盗聴器も仕掛けておいた。

そして左耳のイヤホンから聞こえ始めた声は、だいぶ千代に近づいている証拠だった。

「……どこに……ですか？」

千代の声に耳を澄ませ、数台の車を追い抜きながら彼女の姿を探す。

「きっと君も……誰にも……」

どうやら話し相手は男のようだった。内容はまだ聞き取れないが、会話を続けているということは、千代の顔見知りなのだろう。

「いったい、いつ接触を……社内の人間か？」

すぐそばにいた千代を、一瞬のうちに奪われてしまった。悔しさが募り、ハンドルを握る手に力がこもる。

それでも冷静になれと自分に言い聞かせ、信号を待つ間にもうひとつのスマートフォンで電話をかけた。

「緊急事態です。出動を要請します。現在海岸通りを北上中。目的、及び目的地は不明。犯人は例の放火犯の疑いが……。ええ、そうです。彼女は命を狙われています」

千代さん、必ず助けます。だから、どうか無事で――。

＊＊＊

「あの、田島さん……これからどこに行くんですか？　いきなり車に押し込むなんて……」

運転席に座る田島は、千代を横目で見るとニヤリと笑みを深めた。

「きっと君も気に入ると思う。誰にも邪魔されず……ふたりきりになれるから」

彼の車には乗りたくて乗ったわけではない。そして降りたくても降りられない状況だった。

「それって――」

身じろぎすると、手首に鈍い痛みが走る。千代は今、結束バンドで後ろ手に縛られている。

駐車場で田島の目に狂気じみた光を見た千代は、身の危険を感じてその場から逃げ出そうとした。けれど田島に腕を摑まれ、彼の車に押し込まれてしまったのだ。

千代のバッグは後部座席に投げ捨てられている。ちらりと背後を盗み見るが、両手が使えない以上、携帯電話で助けを求めることも、ドアを開けて逃げ出すこともできそうにない。

したがって、会社の前で待っている右京にも、このピンチを伝えられないということ。すぐに向かうとメッセージを送った千代が現れないことに、彼は気づいてくれるだろうか。もし気づいたとしても、今の自分の居場所を伝えない限り、打つ手はないだろう。

やはり、この現状を打破するためには自ら動かなくてはならないのだ。

「あの、田島さん」

何とか解決の糸口を探ろうと、千代は意を決して口を開いた。

「何だい？」

「手首が痛いんです。これ外してもらえませんか？」

使われた結束バンドは邪魔なケーブル類を纏めるためのものだが、営業先で使うのだろうか、カタログと共に数本が助手席の足元に散らばっている。

「だめだよ、千代ちゃんは僕から逃げようとしたからね」

「それは……」

あの状況では誰もがそうするだろう、と千代は嘆息する。

「ええと……明日も仕事があるし、そろそろ家に帰りたいんですけど。夜に見たいドラマもあるし、録画の準備してないので……」

軽く肩を竦め、普通の会話になるように心がける。とりあえずこの雰囲気を正常な状態に戻したかった。

「帰るって、あの男の家にかい？」

「ち、違います」

「他に帰る場所があるのかな？　君の家は焼けてしまったじゃないか。まったく、綿密に計画を立てたというのに、仕事と違ってうまくいかないものだね……当初の予定では僕が君を火の海から救うはずだったんだが」

「ど、どういうことですか？　わたしの部屋に放火したのって……」

赤信号で車が止まり、田島がこちらを振り返った。その瞳は冷たく、何も映し出していない。

「お、教えて、ください……」

何を考えているかわからない目に背筋がぞくりと震える。

「――そうだ、僕だよ。たっぷりと油を染み込ませた新聞紙を郵便受けに入れて、火を点けた」

「そ、そんな……ひどい……」

あの日の出来事が脳裏に蘇る。放火されたと言われたときの恐怖。鼻を刺激する焦げた臭い。日常が音を立てて崩れた瞬間だ。

夜になるとひとりでいるのが怖くて、心細くてなかなか眠れなかった。思い返せばふつふつと怒りが蘇ってくる。

今まで気づかず、放火の犯人と一緒に仕事をしていたなんて。

「どうして？　どうしてそんなこと――」

「すべてうまくいくはずだったんだ！　何者かが火を点けた部屋に僕が現れて、君を助け出す計画だった！」

田島はハンドルに拳を叩きつけながら声を荒らげる。

「それなのに、突然あの男が現れて……君を奪った!!」

あの男、とは右京のことだろう。

「千代ちゃんの新しい家は僕が用意してたんだ。君と住むために一軒家を買ったんだよ。そのための家具だって、洋服だって揃えた――千代ちゃんに似合うワンピースも用意した。僕好みの清楚な服だ。千代ちゃんにはピンクが似合うからね」

狂気じみた視線が千代の全身に纏《まと》わりつく。田島の伸びてきた手が頬を掠める。手を拘束されていなければすぐにでもこの場から逃げ出していただろう。

「それなのに、あんな男の家に住むなんて――」

頬を通過した手が、そっと千代の首にかかる。

「僕は――」

「っ……」

恐怖で凍りついた千代の身体を動かしたのは背後の車からのクラクションだった。いつの間にか信号が青へと変わっていたのだ。田島は再び前を向くと、何事もなかったかのように車を発進させる。

「爆弾を送ってやったのに、手の怪我だけで済むとは思ったよりも運のいい奴なんだな」

「そんな危険なもの……」

「あれくらい、ネットで調べれば簡単に作れる。いらないと言っていた花火をちょうど佐藤さんからもらったんだ。顔に怪我でもして千代ちゃんに捨てられれば良かったのに。残念だ」

「右京さんのことはどうやって知ったんですか？　わたしは誰にも言ってないのに」

「この前、千代ちゃんとぶつかったとき、名刺を落としたね。大事そうにしてたからすぐにわかった。会社の名前は英語だったから、あの一瞬では読み取れなかったけど、名前と住所の一部だけは何とか確認できた。ちゃんと届くかわからなかったけど、天は僕の味方をしてくれたようだね」

千代は黙って話を聞いていた。田島はいつから千代のことを見ていたのだろう。狂気じみた好意を寄せられていたことに、今まで全然気づかなかった。

「あの日、ショールームが見える位置からずっと君を見ている男がいたんだ。ストーカーかと思って心配したけど、恋人だったのかい？　心配で君のマンションで帰ってくるのを待っていたよ。ずいぶん遅かったね。あの男と一緒に過ごしたんだと思ったら頭に血が上って……びっくりしたよね。驚かせてごめんね」

右京が千代を迎えに来た日にストーカーが現れた。

以前から千代に好意を寄せていた田島は、右京との関係を勘違いして行き過ぎた行動ばかりを繰り返したのだろう。

「右京さんは何もしてないじゃないですか、巻き込むのはやめてください！」

「してるじゃないか。あいつはいつも邪魔ばかりしてる！　どうしてあの男を庇うんだ。愛しているのか？」

「ち、違います！　どうしてあんな人を――」

本気の否定は通じたらしい。田島は少しだけ落ち着きを取り戻すと、長い息を吐いた。

それから田島は何も語らず、ただ静かに車を走らせていた。目的地が決まっているのか、淡々とハンドルを切る。

「でもね、僕はやっと決心したんだ。他の男に奪われるくらいなら、誰にも邪魔されないところに行こうって」

「……いったい、どこに向かってるんですか？」

「東京湾だよ。最期《さいご》に、ふさわしい夜景が見られると思わないかい？」

最期――その台詞に背筋が凍った。

「ま、待って！」

突然の大声に、田島は一瞬だけ視線を千代に向けた。

「わたし、まだ死ねない。やり残したことがあるの。た、田島さんとよ？」

ごくりと唾を飲み込み、緊張で乾いた唇を舐める。

「わ、わたし、死ぬ前に田島さんと――ひ、ひとつになりたい」

言ってから、その台詞の恥ずかしさに頬が熱くなる。

逃げ道を探すためとはいえ、こんな過激な発言をする自分が信じられず、千代は思わず俯いた。

それを照れていると見てとったらしい田島は、優しい声で言った。

「わかった……ホテルに行こうか」

進行方向を急に変え、ウインカーを左に切る。

千代は気づかれないようにそっと息を吐いた。けれどまだ安心はできない。次なる作戦のために田島を誘導しなければならないのだから。

「た、田島さん……わたし、その辺にある安いホテルは嫌ですよ。夜景の綺麗なところがいいです。シャンパンも飲みたいし、素敵な思い出にしたいです」

窓から見える東京タワーは、先端だけが遠くに見える。

「そう、東京タワー！　東京タワーが見えるホテルがいいです！」

時間を稼ぐにはいいかも知れないと考えた千代は、窓の外を指さしながら田島に懇願した。

「それじゃあ……あそこのホテルにしようかな。東京タワーの見える部屋が空いていればいいけど……」

田島はゆがんだ笑みを浮かべたまま車を走らせた。

「きっと……そこは素敵な場所だわ」

うまく誘導できた状況に千代は心の中でガッツポーズをした。

フロントが無人のラブホテルにでも連れ込まれたら、下手すると今よりもひどい密室状態になるだろう。

その点、きちんとしたホテルならば、入口にもエントランスにもたくさんの人の目がある。

田島を誘拐犯だと訴え、保護してもらうチャンスもあるだろう。フロントで右京に連絡を――、警察を呼んでもらってもいい。

とにかく人目がある所に行くことができれば……。

数十分後、田島の車はホテルの入口に停車した。すぐにホテルのスタッフが駆け寄り、運転席側のドアの前に立つ。高級ホテルの行き届いたサービスの一環で、ここで車を預かり駐車場へ移動させてくれるのだろう。

千代は密かに息を吐いた。ここまでは計画どおりだ。あとはドアが開いたらすぐに走って逃げて誰かに助けを求めればいい――千代は作り笑いを浮かべながら田島に声をかけた。

「あの、手が縛られているので降りられません。外してくれませんか？」

「心配ない。僕が抱っこしてあげるよ」

「じ、自分で歩けます……」

「それじゃあ、足も縛ってしまおうかな」

「そ、それは……」

冗談なのか、それとも本気で言っているのか、その表情からは考えが読み取れない。

「ふふ、君は従順なのか反抗的なのかわからないね。ベッドではどうなんだろう？」

田島は気持ちの悪い笑みを浮かべると、スーツの上着を脱いで千代の肩にかけた。

「千代ちゃんが縛られてるのを見られると、変態扱いされて警察呼ばれちゃうかもしれないからね」

部屋に入ったら拘束を解くと言い、田島は車を降りた。

もしも足を縛られてしまったら逃げられない。けれど人目のある場所で、さすがにそんなことはしないだろう。

心を落ち着かせ、逃げる機会を窺いながら、千代は助手席側のドアを開ける田島をじっと待った。

「さあ、降りられるかい？」

ドアが開き、腕を引かれて車から降ろされる。よろめきながらも自分の足で地面に立ったが、痛いくらいの力で腕を握られていた。

「東京タワーが見える部屋、空いてるといいね」

「そ、そうですね……」

縛られたままで、この腕を振り解いて逃げられるだろうか。そう考えていたときだった。

「お客様、失礼します」

背後から声をかけられたと同時に、田島の手が千代から離れる。

「い、痛たたっ――な、何をする！」

かと思えば、今度は苦悶の表情で叫び始めた。

「えっ、あ――う、右京さん!?」

田島の腕を捻り上げていたのはホテルのスタッフではなく右京だった。

「千代さん、無事ですか？」

「あ、はい」

そう答えると、右京は田島を投げ捨てるようにして手を離した。彼はバランスを崩して無様に転んでしまう。

「やっと捕まえた。もう逃がさない……」

ぎゅっと抱き締められる。探してくれたのだろうか、右京は肩で息をしていた。体を通して感じる心臓の鼓動もずいぶん速い。

「急にいなくなるから、とても心配しました」

「ごめんなさい……」

右京が助けに来てくれた。探してくれていた。ほっとして涙が出そうになる。

「貴様！　僕の千代ちゃんから離れろ！」

すると、叫び声と共にゆらりと起き上がった田島が、千代目がけて猛然と駆け寄ってきた。

「きゃ――」

思わずあとずさった千代を、庇うようにして右京が立つが、手が届く前に田島は数人の制服警官に囲まれ、そのまま取り押さえられた。そして右京の背後から現れたスーツ姿の男性が黒革の手帳を見せながら言い放つ。

「田島誠司《せいじ》さん、ですね。お手数ですが警察署までご同行願えますか？　いろいろとお話を伺いたく……まあ、今の段階ではあくまで任意ですが」

「何だお前達は！　邪魔をするな！」

「と、言われましても……通報を受けた我々としては黙って見過ごすわけにはいかないんですよねぇ」

ちらりと振り返り、困ったような顔を見せたスーツの男性は右京を見て首を傾げた。

「いいえ、現行犯逮捕してください笹木《ささき》刑事」

「とは言ってもな、右京……」

「誘拐及び殺人未遂……いえ、無理心中ですか？　それと、放火、脅迫。火薬類取締法も違犯していますね。余罪はいくらでもあります」

「な、何を言っている!?　そ、そんなもの——証拠がないだろう！」

右京の言葉に田島は叫んだ。

「証拠なら、これを」

右京は、ポケットから手のひらサイズの機械を取り出し、笹木刑事と呼んだ男に放り投げる。

「ＩＣレコーダーです。自分の罪をすべて自白していますよ、車内で」

諦めたのか、暴れることを止めた田島は、再び右京をじろりと睨みつけた。それに応戦するかのように右京も田島を見据える。

「あなたは千代さんの家に火を放った。一歩間違えれば、大事な千代さんが死んでいたかもしれないんですよ？」

「死ぬはずなんかない！　僕が助けるんだから！」

「火の勢いが強く、救助に失敗したらどうするのです？」

「失敗なんかしない。シミュレーションは完璧だった……だが、家にいなかったから失敗した」

そんな後先考えない計画で、千代の部屋に火を放った。思考回路がおかしいとしか思えない。

「千代ちゃんが派遣されて来たときから好きだった。一目惚れだったんだ。見てるだけで満足だった。声をかければ僕に最高の笑顔を見せてくれる千代ちゃんを――」

言いながら、田島は千代に目を向けた。恐怖を感じた千代は思わず右京の腕にすがりつく。

「……それなのに、急に変な男が現れた。千代ちゃんにつきまとうストーカーだ。こんなことになるのなら、もっとずっと前から僕の家に閉じ込めておけばよかったんだ。我慢しないで……彼女は僕が守らなければ萎《しお》れてしまう花のように儚げで、僕が水をあげなきゃって思ったんだ。枯れたら可哀想だろう？　だから、陽の当たる部屋に閉じ込めて、僕が水をあげて……その笑顔を、僕だけに見せていればよかったんだ。そうすれば、千代ちゃんは怖い思いをしなくて済んだ」

「わ、わたしは花じゃない。人間よ」

あまりにもひどい責任転嫁ぶりに、千代が口を挟む。

「そうだね、人間だ。僕のためだけに存在する女性だ……」

最後まで意味不明な言い訳をしていた田島は、そのままパトカーに乗せられて連行されて行った。

「わたし、男運が悪いんですよね……」

離れていくパトライトを見つめながら、誰に言うともなく千代は呟く。

「不倫とか浮気とか、いっつも面倒ごとに巻き込まれたりして、だからずっと周りの人との距離感には気をつけてたんです。仲良くならないように、変な期待を持たせてしまわないように。当たり障りのない人間関係を作ってきたのに……」

ポンと肩に手が置かれる。隣を見上げると、右京が労わるように微笑んでいた。

「不可抗力ですよ。同じ会社に半年もいれば、多少は仲も良くなり、情が湧くこともあります」

「そっか、そうですよね。しょうがないか……」

そうは思っても、気をつけて生活していたのに、まさかこんな事件に発展してしまうとは想像もしていなかった。何だか複雑な気分だ。そしてこれから先のことを考えると悲しくなってしまう。自分は一生、こんなトラブルに遭い続けるのだろうか、と。

「千代さん、どうか元気を出してください」

言いながら、右京は千代の額に口づけをする。

「ちょっ、なっ……」

思わず抵抗しようとしたが、千代の両手はまだ拘束されていた。なすがままにされていると、右京は千代の顎を掬い、顔を近づけてくる。

「な、何をしようとしてるんですかっ！」

すんでのところで避けて、ついでに足を踏んづけた。

「今ならキスができるかなと……」

「もうっ！」

千代が怒って見せると、右京はなぜか嬉しそうに笑っていた。

「おい、お前も逮捕するぞ、右京」

そんな中、横から声がかけられる。

「笹木刑事……まだいたのですか？　てっきりパトカーで帰ったのかと」

右京は、不機嫌さを包み隠さずに形の良い眉を寄せて振り返った。

「あのなあ、被害者を置いて帰るわけないだろ。それに事後処理が残ってる」

「そうでしたか」

はあ、とわざとらしくため息をついた右京は、ジャケットの内ポケットからカッターを取り出すと、千代の腕の結束バンドを切った。手首に縛られた跡がくっきりと残っていたが、やっと解放された気分だった。

「えっと、あの……」

ちらりと右京を見ると、彼は嫌そうではあるが笹木刑事を簡潔に紹介する。

「彼は警視庁捜査一課の笹木刑事です。探偵をしていると、何かと警察とも関わり合いになるので、仕方なく」

「おいおい、何だその紹介は！　ったく、急な呼び出しに来てやったってのに……」

笹木刑事はぶつぶつと文句を言いながら腕を組んだ。背格好は右京と似ているが、恐らく彼より十歳くらいは年上だろう。

「市民の平和のために働くのが警察の仕事でしょう？　文句を言わず、しっかり働いてください」

「おいこら、右京！　物事には順序ってもんがあるんだ。まず――」

「そんな手順を踏んでいたら千代さんの救出には間に合いませんでした」

「人の説教は最後まで聞け！　ったく……」

仲が良いのか悪いのか、そんな言い合いがふたりの間柄を物語っているようだった。

「ええと、笹木刑事、助けてくれてありがとうございました。ご迷惑をおかけしてしまったようで、すみません」

千代が頭を下げると、笹木刑事は諦めたように息を吐く。

「いいや、市民を守るのが我々警察の仕事だから……とにかく、無事で良かったよ。それと、もう一台パトカーを呼んだから、あとで詳しい話を聞かせてくれるかい？」

ホテルへの経緯説明を笹木刑事に任せ、千代と右京はエントランスの隅で待機することになった。

「そうだ、千代さんに謝らなければならないことがあります」

「え、何でしょうか？」

右京は千代の前で直立すると、深く頭を下げた。

「千代さんの大事なご友人を疑ってしまい申し訳ありませんでした。そのせいで、気づくのが遅れ、結果千代さんを危険な目に遭わせてしまいました」

「え、や……そんな、右京さんは悪くありません！　それに、わたしを探して助けに来てくれたじゃないですか。すごく感謝してるんですよ」

顔を上げた右京は、少しほっとしたように微笑んでいる。千代が怒っていないと知って安心したようだった。

「そうそう、千代さんのご友人に伺いました。私のことを、心に決めた男性だと紹介してくださったようで」

「え、心に？　……はい？」

「千代さんを待っているとき、佐藤真理子さんに絡まれました。迷惑でしたが、お陰で良い話が聞けました」

「真理ちゃんに何を……あっ」

そして思い出した。真理子は千代と右京の関係をずっと誤解していたということに。探偵やオトリ捜査といった説明が難しかったため、誤解を解かずに放っておいたのだ。

まさか、右京と真理子に接点ができるとは思っていなかった。

「ち、ち、違います！」

「照れないでください。両想いですよ」

「だから、誤解なんですってば！」

そのとき、ちょうど笹木刑事が戻ってきた。千代は右京から逃げるように笹木刑事の背後へ回る。

「助けてください、笹木刑事！」

「うーん、男女間のもめ事は民事不介入だからなあ……」

「というわけですので、こちらへいらっしゃい、千代さん」

その後、右京は満面の笑みで千代を捕獲したのだった。


「はあ……」

千代は憂鬱な気持ちで目の前のドアを見つめていた。またここに来るなんて思っていなかったことが大きな理由だが、まさか呼び出されるとは予想だにしていなかった。正直、入りたくないいけれど……。

「はあ」

もう一度ため息をつくと、着ているスーツの皺を伸ばし前を向く。そして、覚悟を決めてドアを開けた。

「あの、こんにちは」

そこは、一度だけ来たことのある花園探偵事務所の応接室だった。入った瞬間、前回来たときと同じく高級そうな応接セットが庶民である千代を少なからず威圧した。

「おう、来たな」

革張りのソファの上でふんぞり返っているのは事務所の所長。よれよれのスーツに、ボタンの取れかけたワイシャツ。白金台という一等地に事務所を構えているようには見えない人物だった。

「こんにちは、千代さん。おや、今日は面接でしたか？」

「え、あ、はい」

所長とは対照的に皺ひとつないスーツを着ている金髪の右京は……どう見てもホストにしか見えない。

ここが探偵事務所なのかと、思わず表の看板を見直しに行ってしまいそうになるほどだと、千代は思った。

「もたもたするな。さっさと入ってドアを閉めろ」

ドアを開けたまま立ち尽くしていた千代に暴言を投げつけると、所長は足を組み換えながらタバコに火を付けた。

「す、すみません」

この人だけは一生好きになれない――そう感じながらドアを閉め、右京に案内されてソファに腰を下ろす。

「元気がなさそうですね。まだ新しいお仕事が見つからないんですか？」

「ええ、まあ……思ったより大変で」

あれから二週間が経っていた。田島はＩＣレコーダーの証拠が元で逮捕された。当然、会社も懲戒解雇となり、千代には平穏が戻ってくるはず――だったのだが、話はそんな単純ではなかった。その後の調べで田島は会社の金を横領していたことが発覚したのだ。使い道は、千代のための新居を作る費用だったらしい。

どこから情報が漏れたのか、数日後にはマスコミが会社に押し寄せ、当然のように業務に支障が出始める。取引先にも知れ渡り、会社全体で対応に追われた。もちろん被害者でもあった千代も例外ではない。事件の鎮静化のため、と有給を取らされて自宅待機をしている間に派遣契約が更新されずに終了したのだ。

「あんな事件になっちゃったんだから、仕方がないっていうのはわかるんですけど……」

ならばと次の仕事を探そうとするも、トラブルを恐れた派遣会社がなかなか仕事を紹介してくれなかった。それでなくとも千代は変態に好かれるという特異体質の持ち主だ。大なり小なりトラブルに巻き込まれて契約を解除されることがこれまでにも数回あったのだから、派遣会社としても仕事を紹介したくはないのだろう。

「今は不況だから何度来ても紹介できる仕事はないって言われちゃいました。ハローワークにも行ってますけど、転職回数が多くて書類選考で落とされるし……もう、どうしようかって」

心の内にたまっていた愚痴を思わず吐き出してしまい、居心地の悪くなった千代は、右京が用意してくれたコーヒーに口を付けた。

「そうだ。この前、真理ちゃんと会いました。金髪の人が実は右京さんだったたって伝えたらずいぶん驚いてましたけど、何したんですか？」

首を傾げながら右京に尋ねる。

「……彼女を私たちの結婚式に呼ぶのはよしましょうね、千代さん」

「はあ？　結婚なんてしませんよ！　真理ちゃんにも彼氏じゃないって誤解を解いておき

ましたから」

「そんな……！　どうしてそんな嘘を？」

「事実です！」

話がしたいと呼び出されて真理子と会ったのは、三日前のこと。

田島の証言から、爆弾の材料である花火を提供した真理子にも事情聴取が行われたのだと聞かされた。ちなみに、話を聞かれただけで、彼女には特にお咎めもなく、もちろん何の罪にも問われないらしい。

そのついでに右京の話をしたのだが、とある事情で金髪に変わったけれど、彼が右京本人だと伝えたところ、真理子はひどく驚いていた。

そんな男とは別れるべきだと何度も言われ、その度に付き合ってなどいないと力説する羽目になったのだ。

「そういえば右京さん、いつか聞こうと思っていたんですけど、いつ盗聴器なんて仕掛けてたんですか？　田島さんが犯人だって気づいていたんですね」

事件の解決が右京の仕掛けた盗聴器のお陰だということは知っていたが、ひとつの疑問がずっと千代の中にあった。いつか機会があれば聞こうと思っていたのだ。

「え、ええ、まあ……」

「馬鹿か、お前は。犯人なんぞコイツにわかるか、盗聴器はお前に付いていてたんだよ」

歯切れの悪い右京に首を傾げていると、所長が横から口を挟んだ。

「わたしに？　え、ええっ？」

「所長！」

「う、右京さん、何てことしてくれたんですか！　わたしのどこについてるんですか？　いつから？　もしかして、今までずっとわたしの会話を全部聞いてたんですかっ」

「……ですが、そのお陰で犯人逮捕に繋がったんですよ？」

「それはそうですけど――あ、盗聴器ってもしかしてこの防犯ブザーですか？」

右京にもらったものといえばこれしかない。

「盗聴器だけではありません、ＧＰＳ機能も付いています！」

「もうっ、威張らないでください！　こんなのプライバシーの侵害です」

床に叩きつけて壊そうとする千代の手を取り、右京は焦ったような声を出す。

「ああ、だめです！　そこまで小型化するのにどれだけ苦労したか……」

「そんな苦労、知りませんっ！」

「――茶番はそのくらいでいいか？」

所長の冷たい視線に射竦《いすく》められ、千代は黙った。この件はあとではっきりさせなければ気が済まない。右京を睨むと千代は所長に向き直る。

「ええと、わたしをここに呼んだってことは事件について何か進展があったんですよね？」

「事件はとっくに解決しただろうが、馬鹿者」

「馬っ……じゃあ、どうしてわたしをここに呼んだんですか？」

所長の言葉に千代は目を丸くした。てっきり事件の話をするためだと思い、ここに足を運んだというのに、そうではなかったらしい。

沈黙が部屋中を支配する。千代は右京に視線を移したが、相変わらずニコニコと微笑んでいて何を考えているかがわからない。事件のこと以外で呼ばれる理由に皆目見当がつかない。

「お前、計算は得意か？　電話応対は？　接客経験は？」

「……はい？」

「お掃除やお料理も得意ですよね、千代さんは」

「え？　ええ、まあ人並み程度には……って、突然何ですか？」

「実は……千代さんにうってつけのお仕事を紹介しようかと思い、本日お呼び立てしたのですよ」

千代の隣に座ると、右京は満面の笑みで言った。

「ほ、ホントですか⁉」

「千代さんは簿記の資格を持っていますし、いろいろな業務を経験されて知識も豊富だと思いまして……それならば正社員として働いていただけるのではと提案しました」

「や、やります！　経理でもコールセンターでも接客業でも何でもっ！」

摑みかからんばかりの勢いで身を乗り出す。

「やる気満々ですね。私も嬉しいです、千代さんと一緒に仕事ができるなんて」

右京は千代の手を取ると両手で包み込んだ。

「あ、あの、紹介してくれる仕事って……」

「お前はこの事務所で雑用をやれ」

所長はタバコの火を灰皿で押し消すと、何の感情も読み取れない顔で言った。

「……はい？」

「だから、千代さんに探偵事務所の事務全般をお願いできないかと」

「い、嫌！　それは嫌です！」

断られるとは思っていなかったのか、右京は驚きの表情を見せた。

「千代さん、でも今――」

「仕事は探してますが、ここは嫌です！」

右京と関わってからずっと良いことが何もない。このままでは平穏が脅かされることは確実だ。

「そんな、私は千代さんと一緒に仕事ができると思って、昨夜は興奮して眠れなかったんですよ？」

「そんなの、知りません！」

手を握られていたことにやっと気づいた千代は急いで右京から離れた。

「お話はそれだけですね？　じゃあ失礼します！　履歴書書かなきゃいけないので」

バッグを持ち、立ち上がる。

「千代さん……」

千代は憐《あわ》れな声を出す右京に一瞥も与えずに、ドアへと歩き出した。

「断るなら引き止めはしない。だがな、今日までの家賃は払えよ」

ドアノブを掴むと同時に、黙っていた所長が口を開いた。

「は——？　ま、待ってください。家賃って？　タダじゃないんですか？　しばらくは居てもいいって……」

「タダとは言ってない。俺も、コイツも」

驚いて右京を見るが、彼は所長に同調するように軽く頷くだけだった。

今さらながらに気づく。これは、もしかしなくても……。

「だ、騙したんですか？　わたしをここで働かせるために、あの部屋を使わせたってことですか!?」

「そんな回りくどいこと、誰がするか」

「少なくとも、私は千代さんが隣にいるって思うだけで嬉しかったですよ。毎日が幸せでした」

開いた口が塞がらないとはこのことだろうか。

「ちなみに、あの部屋の一ヶ月の家賃は管理費と共益費込みで三十万円です」

「さっ……」

三十万!?

仕事がなくなり、ここしばらくは貯金を切り崩して生活していた千代にとって、高額な家賃を支払う余裕はない。

「喜べ、小娘。社員になれば家賃は社割で三万だ。その他、住居手当の条件はここに書いてある」

所長は雇用契約書と書かれた紙を机に置いた。

「業務内容は簡単な経理に電話応対、お茶出し、事務所の掃除とその他雑務だ。あと留守番もだぞ。詳しい話は右京にでも聞け」

「尾行や聞き込みは我々の仕事です。千代さんには、そのサポートをしていただきたくて……」

「断るなら今日中に全額払ってから出ていけよ」

ただでさえ無職だというのに、高額な家賃なんて払えるわけがない。仕事もなく、部屋まで追い出されてしまったら……。

恨みがましく右京を睨みつけると、彼は嬉しそうに万年筆を手渡してきた。

返事は決まったも同然だった。

千代は震える手で万年筆を受け取り書類に自分の名前を書いた。

「こ、これからよろしくお願いします……」

「ようこそ花園探偵事務所へ。歓迎しますよ千代さん！」

「早速仕事だ。奥の部屋を今日中に掃除しろ。いいか、俺が帰ってくるまでに、だぞ？

返事！」

「は、はいっ！」

――こうして、千代の新生活が始まるのだった。

第三章

新月の夜に約束を

月の出ていない夜だった。

駅からの夜道、街灯は等間隔に並んでいるが、その灯りは弱く心許《こころもと》ない。

彼女は背後を気にしながらも足早に歩いていた。周囲に響くのはコツコツ、というヒールの足音だけ。

辺りは静寂に包まれ、夕方に降った雨の残り香が微かに漂っている。

バッグからスマートフォンを取り出すと、眩しい光が彼女の目を刺した。思わず目を細め、肩にかけていたバッグをかけ直した——そのとき。

「きゃっ」

突然、肩に鈍い痛みが走る。

背後からの衝撃で少しよろけたものの、どうにか転ぶことなく持ち直した。けれど、先ほどまで持っていたバッグはすでに彼女の手元にはなかった。

「ど、泥棒ー！　わたしのバッグが……そのバッグだけでも数百万はするのよ！　限定品で、オークションに出したらプレミアがつくほどなのよ！　待ちなさい、こらー!!」

閑静な住宅街に女性の声と、走り去るスクーターのエンジン音だけが響き渡った。


「——えっと、こちらB地点。ターゲット現れました」

「了解。そこにいろ」

インカムマイクに向かって報告すると、雑音混じりで聞き取りにくい声がイヤホンから聞こえる。しばらく待つと、目の前にワゴン車が止まり、静かにドアが開いた。

「お待たせしました、どうぞ中に……」

出迎えてくれたのは夜の森よりも暗い漆黒の髪の男――右京だった。

「いい演技でしたよ、千代さん！」

「え、ホントですか？」

「どこがだよ。あんな棒読みで叫びやがって」

「うっ……」

所長に小言を言われながらも、千代は後部座席に乗り込みひと息つく。慣れないヒールとミニスカートで数日間、住宅街をうろついていれば、足がパンパンになるのは当然だった。

無意識にふくらはぎを揉んでいると、横からぬっと手が伸びてくる。それをパシ、とはたいて右京を睨み付けた。

「綺麗な足を惜しげもなく晒して……てっきり私を誘っているのかと」

「触ったらセクハラで訴えますからね！」

「それでは言い方を変えましょう。お疲れのようですので、マッサージを――」

「同じです！」

伸びてくる右京の手を再び叩き落として、千代は右京と少しだけ距離を取った。

「もう！　で、所長、ターゲットの行方は追えそうですか？」

「まんまと騙されやがった。よくやったな。小娘」

「小娘、じゃありません！　蓮水です、蓮水千代！　――って、聞いてますか所長!?」

運転席でカーナビのようなものを操作している男こそ、千代の上司でもあり、花園探偵事務所の責任者である所長だった。

「百メートル先で止まっていたが、ようやく動き出したな。よし、計画どおりだ」

助手席付近に取りつけられているモニターには付近の地図が映し出されていて、その中心の赤い点滅が動き出したところだった。

「ふふ、たいていは金目の物だけを抜き取って他のものは捨ててしまうターゲットですが、数百万のバッグの魅力には敵わなかったようですね。そのバッグに発信器が付いているとも知らずに……」

「ふん、馬鹿な奴だ。追うぞ」

右京の言葉に、不敵な笑みをバックミラーに映しながら所長はアクセルを踏んだ。


それから向かった先は、築二十五年は経っていそうなボロボロのアパートだった。千代が目撃したスクーターを確認し、所長と右京が車を降りる。

「行くぞ、右京」

「はい、ただいま――千代さんはここで待っていてくださいね。すぐ、済ませてきますから……決して見に来てはいけませんよ」

ダークスーツに身を包んでいる右京は、胸ポケットから取り出したサングラスをかけながら言う。こんな夜更けに必要あるのか、というツッコミは口に出さず、千代は頷く。右京の両手にはいつの間にか革の手袋がはめられていて、後部座席から柄の長い武器のようなものを摑み、手に持っていた。

所長も同じような格好をしていて、こんな夜更けにすれ違おうものなら全速力で逃げ出したくなりそうな雰囲気を醸し出している。

「えっと、お気をつけて……」

そう言いつつも、千代はほんの少しだけ今回のターゲットである名も知らぬひったくり犯の行く末を案じてしまうのだった。


「本当に助かりましたわ。警察に通報することもできず、どうしようかと思っておりましたの」

「こちらが例のお品です。念のため中身のご確認を……」

応接室から漏れる声を聞きながら、千代は朝刊の紙面から視線を上げた。わずか数行で片付けられている引ったくり犯逮捕の記事は、先日のオトリ捜査の賜物《たまもの》だ。

ただし、所長と右京が犯人宅に乗り込んで『何か』を回収した後に通報したのだけれども――。

「いったい、何を依頼されたんですか？　それくらいは教えてくれてもいいじゃないですか」

向かいの席に座る右京は、人差し指を唇に当ててにっこりと微笑むだけだった。これ以上は守秘義務に反するため、教えられないということらしい。

「わたしだって手伝ったんですけど！」

今回の引ったくり犯逮捕の依頼は警察からではなく、今応接室に来ている女性からだった。とある理由で警察に被害を報告することができず、けれど奪われたバッグの中に取り戻したい物があったとかで、花園探偵事務所に依頼が舞い込んできた。

「わたしも探偵事務所の一員になったと思ってたのに、仲間外れなんてひどいです」

顔を両手で隠し、わざとそんな風に言ってみせると、右京は深いため息をついた。

「仕方がない人ですね……」

そしてそう前置きし、顔を寄せるようにデスクに身を乗り出した。

「今回、回収したのは指輪です」

右京の説明に、千代は納得できずに首を傾げた。

「ただの指輪を取り返すのに、探偵を雇うものでしょうか？」

「そうですね、詳しく説明すると……半年ほど前に、銀座のとある宝石店に強盗が押し入りました。犯人はすぐに逮捕されましたが、盗まれた宝石のうち、二十カラットのダイヤの指輪が行方不明のままです。実は、回収した指輪がそれにそっくりなのです」

「え……ということは……」

あの上品そうな女性は、ひょっとして……。

例の宝石強盗事件——犯人は逮捕されたがいまだに多くの謎が残っており、犯行の手口から、国際的窃盗団が関与しているのではないかと噂された事件だった。

「どうやら引ったくり犯は、大きすぎる宝石をオモチャだと勘違いしていたようですね。価値に気づいて換金していたら今頃は億万長者か、それとも存在を消されていたか……。これ以上は教えられません。万が一のことを考えると、知らない方がいいこともあるのですよ。千代さん、護身術習ってないでしょう？」

「そ、そうですね……やめときます」

護身術とか、そんな小さな問題では済まない気もするが、千代は聞いたことを後悔しながら呟いた。

「いい心がけです」

その答えに満足したのか、右京はコーヒーを淹れましょうか、と席を立った。

千代がこの探偵事務所で働き始めて一ヶ月。

仕事は雑用だけかと思いきや、捜査まで手伝わされていた。千代の役目は主にオトリ。今回も遊んでいそうな派手な格好をさせられて、幽霊と鉢合わせするのではと思うような暗く人どおりの少ない夜道を数日間、延々と歩かされていた。

確かに、尾行や聞き取り調査といった探偵業務はやってはいないけれど——。

「やっぱり納得できません！　詐欺です！　仕事は経理と電話番と、お茶出し、掃除などの雑務って聞いてたのに」

接客を終えた所長が自席にどさりと座ったタイミングで、千代は叫んだ。

「でも千代さん、雇用契約書にはその他業務って書いてありますよ」

「その他の業務がオトリだって言うんですかっ？」

「残業手当を出してやってるだろ、文句言うな小娘。それに、サインしたのは他でもないお前だ」

「それは、騙されて」

「嫌なら、今すぐ辞めてもいいんだぞ」

「うっ」

そう言われると、千代は何も言えなくなる。

「そ、それより所長！　捜査に使った費用の領収書出してください！　いつまでたっても精算できないじゃないですか」

「キャンキャンわめくな、うるさい」

「うるさいのが嫌ならすぐに出してくださいぃ！」

千代にできる最大の反撃はこれくらいしか残されていない。

経理を含め雑用を引き受けたはいいが、今までの帳簿記入がめちゃくちゃで、この前相談した税理士にはこっぴどく叱られてしまった。もちろん所長がではなく、千代が、だ。

「出かけてくる。ああ、明日は新規のクライアントが相談に来る。準備しとけよ、小娘」

「小娘じゃありません！　蓮水千代ですっ」

後ろ手に閉められたドアに向かって叫ぶ千代に、右京が嬉しそうに呟く。

「ふふ、この探偵事務所もにぎやかになっていいですね」

思わず右京を睨むと、彼はいつもの笑顔を返してきた。


クライアントは、三十代の女性だった。

ドイツ製高級陶磁器の花柄のカップに、指示されたとおりの最高級コーヒーを淹れて配りながら、千代はその女性を盗み見る。黒い髪を綺麗に巻いていて、まっ赤な口紅と泣き黒子《ぼくろ》が印象的だ。身に着けているものは千代でもわかるブランド品ばかり。

どうやら彼女は結婚詐欺の被害に遭ったらしかった。結婚を餌にマンションの頭金を払ったはいいが、それから仕事を理由に相手と疎遠になり、とうとう連絡が取れなくなってしまったのだと言う。

そして騙されたと気づき、怒り心頭のまま花園探偵事務所にやってきたのだ。

「騙されたの、詐欺だったのよ！　お金はいくらでも払うわ、お願いだからあの男を見つけてちょうだい。裁判でも何でもして、とにかくお金を取り返したいの！　ついでにあの男を社会的に抹殺してやりたいわ。できるかしら？」

「もちろんです、我々がお引き受けいたしましょう」

所長はコーヒーに口を付け、それから感じの良い声音《こわね》で言う。

「詳細をご説明いただけますかな？　男女の恋愛トラブルは当事者間の問題として扱われてしまいがちなので、まずは、詐欺に関する証拠を集める必要があります。結婚の意思はあった、と言い逃れができないような確たる証拠を揃えて——裁判の方は弁護士の先生と別途お打ち合わせをしていただいて……ああ、よければ弁護士も紹介しましょうか？　こういった案件が得意な者が、知り合いにおりますので」

「ええ、ぜひ！」

弁護士の紹介料もちゃっかりいただこうとする所長の要領の良さには、本当に脱帽する。

「ああ、本当に良かったわ。もう、どうしようかと思っていて……」

彼女は、心底安心したように胸を押さえて息を吐いた。髪の毛がふわりと動き、微かにバラの香水が漂う。

「信頼できそうな探偵さんだもの。こちらに来て、本当に正解ね」

とは言っても、視線の先は所長ではなく、隣に座る右京だったけれど。

ここに来てからずっと、彼女がちらちらと右京を見ていたことに、千代は気づいていた。

肝心の右京は彼女を見ることなく、書類にペンを走らせている。会話を一言一句聞き逃すまいと集中している横顔は、たしかに初対面だったなら、見惚れるかもしれない。

顔の造形が良いということは、第一印象も良いということ。でも彼の場合はそこまでだ。

その人は、蓋を開けてみると超が付くほどの変態ですよ、と千代は心の中で呟く。

あの変態的な性格を目の当たりにすれば、きっとクライアントもドン引きするだろう。

それを見るのも面白そうだと思いながら、千代は軽く頭を下げて応接室を退出した。

「それにしても、詐欺だ……」

応接室のドアを閉めひとり呟く。

だって、傍《はた》から見れば白金台に事務所を構える一流探偵とその助手に見えるのだから。

けれど真面目な顔をして仕事をしている彼らを見るのは、クライアントが相談に来るときだけ。

そのときだけは、このふたりは何かに憑《と》り憑かれたように人が変わる。

横柄で横暴で口の悪い所長はどこかの大企業の社長のように気品漂う紳士に変身するし、右京は右京で変態的発言を一切出さずに黙りこみ、エリート秘書のように所長のサポート役を演じてしまう。

こんな一等地に事務所があるのも、探偵という職業が暇そうに見えて実は忙しいのも、このふたりの演技力の賜物《たまもの》なのではないかとさえ思う。もちろん、それに見合う仕事をこなしているから、という理由もあるのだろうけれど。

だからクライアントが彼らを信頼して仕事を託す。

いくらふっかけられても彼らなら何とかしてくれると思い込み、馬鹿高い依頼料を払ってしまうのかもしれない。

千代がストーカーの調査依頼に訪れたとき、もしも言われた額の依頼料を払えていたら、あの所長は感じの良い対応で依頼を引き受けてくれただろうか。そしてストーカー事件は無事に解決して、千代の日常は平和そのものだったのではないか――。

「はあ……仕事しよ」

過去のことをいくら考えても仕方がない。人生に「もしも」は存在しない。千代はもう、この探偵事務所の一員になってしまったのだから。

自分にあてがわれたデスクに腰を下ろし、パソコンのセーブモードを解除する。

雑用とはいえ、千代にもいろいろな仕事があった。

主な仕事は経理業務。今日はやっと提出してもらったレシートや領収書を元に経費をパソコンに入力してから、所長と右京のスーツをクリーニング店まで取りに行かなければならない。その足で郵便局へ行き、あとは事務所内で電話番をしながら書類の整理をする。

「よし、やるぞ！」

今日やるべき仕事内容を頭に入れたところで、千代はパソコンのキーボードを打ち始めた。


数十分後。

「小娘、終わったぞ。片付けろ」

「あ、はーい」

もう名前を訂正するのも面倒だった。

「あ、所長。内容証明を送るので、文書の確認と押印お願いしますね」

「わかってる、わかってる」

変わり身の早さに感心しつつ、布巾とトレイを持ち応接室のドアを開けた。

「右京さんとおっしゃるの。あなたも探偵さん？」

「ええ、まだ助手の身分ですが」

ちょうど右京がクライアントの女性を出入口まで送っているところだったので、千代は軽く頭を下げた。けれど、彼女は千代を一瞥しただけですぐさま右京に興味を戻す。

内心いらっとしつつも、千代はテーブルの横に膝を折り、コーヒーカップをトレイに乗せ始めた。

「あたし、いろいろと不安で……大丈夫かしら？」

クライアントの女性は、はあと切なげにため息を零す。

「もちろんです。必ず解決しますから」

「ねえ、探偵さんは、お願いすれば何でもしてくださるのよね？」

「はい」

ミルクとシュガーポットを片付けながら会話の内容に耳を傾ける。横で勝手に話しているのだから、聞きたくて聞いているわけではない、と心の中で言い訳をして。

「だったら、あたしの家にも来てくださるの？」

「もちろん。それが調査に必要ならお伺いするかもしれません」

「あら、お仕事が建前ってことね」

右京が口説かれている——それに気づいた千代は、無遠慮だと思いつつもまじまじと女性を見つめてしまう。彼女の目は狩りに燃えるハンターのようだった。

「いいわ。あなたにだけ、特別な連絡先を渡しておくわね」

気を良くしたらしい女性は、名刺サイズの紫色のカードを一枚取り出すと、右京の胸ポケットにそっと忍ばせた。

「こちらにご連絡した方が都合がよろしいのですか？」

「ええ、私が仕事中でも繋がるわ」

「承知しました。至急の用件があれば、私か事務員の蓮水から連絡いたします」

右京はそう言うと、テーブルを拭いていた千代に目配せし、応接中には決して見せたことのないとろけるような笑顔を向けた。

「だ、誰からですって⁉」

憮然《ぶぜん》とした様子で、彼女は千代を凝視する。

「彼女も探偵事務所の所員です。守秘義務はお守りしますよ」

右京の言葉が聞こえていないのか、彼女は千代を睨みつけている。恥をかかされたとでも思っているのだろうか。

「そう、蓮水さんね。あなたのこと、よく覚えておくわ……」

「では下までお送りします。どうぞ」

そんな女性に気づいているのかいないのか、右京はさわやかな笑顔を彼女に向けると、ドアを押さえて外へと促した。

「何で、わたしを巻き込むのかなー」

最初は面白いものを見られたと思っていたけれど、最後に逆恨みされて終わった。

それもこれも、全部右京のせいだ。

「不幸の手紙かカミソリレターが届いたら、どうしてくれるのよ！」

ぶつぶつ文句を言いながらコーヒーカップを洗う。

「おい、小娘。そのコーヒーカップ、ソーサー一枚でも割ってみろ。五客分給料から天引くからな」

「何で一客分じゃないんですかっ」

「五客で一セットなんだよ、馬鹿者。それと右京。小娘の写真とプロフィールも送っとけ」

右京、と聞いて千代の手が滑る。すんでのところでカップを掴み直し、どうにか五客の弁償は免れた。

「承知しました。写真は撮り直しますか？」

「履歴書のでもいいだろ。プロフィールもそこに載ってるし、ちょうどいい」

「ちょ、ちょ、ちょっと待ってください！　わたしの写真とプロフィールを何に使うんですか!?　勝手に個人情報を漏洩しないでください！」

手に洗剤をつけたまま、千代は所長と右京に向き直った。

今度はいったい何に巻き込もうというのか……。

所長はニヤリと笑いながら、冊子とスナップ写真の入ったクリアファイルを投げて寄こす。

「お前と右京で婚活パーティーに潜《もぐ》り込んでこい。今回のターゲットはこの男だ」

それは、有名ホテル主催の婚活パーティーのパンフレットと、どこかのバーかクラブで隠し撮りしたらしい男の写真だった。

「いいか、小娘。お前はコイツに騙されたフリをして婚約までこぎつけろ」

千代のオトリ捜査の始まりだった。


不満は山ほどある。けれど、それを口に出したところで解決するとは思えない。これは一ヶ月間、事務所で働いていた千代の、経験上の判断だった。

「あのー、右京さん」

「準備できましたか？　おや、やはり思った通りです。千代さんのドレス姿、とても綺麗ですよ。今ここでデスクに押し倒してしまいたいくらい……」

そう言いながら近づいてくるので、千代は小走りで右京から逃げた。貞操の危機を感じると不安定なピンヒールでも意外に走れるものだなと新しい発見をしつつ、手に触れた適当なファイルを盾に右京に向き直る。

右京が千代に用意したのは、淡いブルーのドレスだった。柔らかいシフォン生地で、動くたびに裾がふわりと舞い上がる。ドレスに合わせた靴は、シルバーのラメが光る五センチのヒール。

対して右京は、光沢のあるブラックの三つ揃えスーツだった。千代に合わせたのか、胸ポケットのスカーフは淡いブルーだ。

「やっぱり納得できないです！　いきなりターゲット《結婚詐欺師》に接触しろだなんて――今まではおびき出すだけのオトリだったのに、わたしがその人と会って話もして……もし失敗したらどうするんですか？　わたし、演技なんてできませんよ」

「その点なら大丈夫ですよ。千代さんなら普通にしていてかまいません。何もしなくても、変態が寄ってくるとおっしゃっていたではありませんか」

「そ、それはそうですけど……」

現に、何もしていないのに右京が寄ってきているのが一番の証拠だ。

所長と右京からの説明によると、これからホテル主催の婚活パーティーに出席する千代は、結婚詐欺師の男と出会い、騙されているフリを続けて婚約までこぎつける――それだけだった。

相手の名前はおろか、経歴も性格も教えられていない。ただ写真だけを見せられた。せめてターゲットの好みや趣味がわかれば話を合わせることもできると懇願したのだが、彼らは情報提供を頑なに拒否し続けた。

「失敗して探偵だってバレたらどうするんです？」

「大丈夫ですよ。千代さんは探偵ではありませんし。私も近くでサポートしますから。さあ、最後の仕上げです」

右京が持っているのはイヤリングに見立てたインカムマイクだ。

「動かないでくださいね」

イヤリングが目立たないように、と横に流して結った髪に右京の指が触れる。ふわりと髪をかき上げられ、耳にぐいと押し込まれた。

「きゃっ、右京さん……遊ばないでくださいっ」

「すみません。緊張しているようでしたので、それを和らげようかと……」

右京の人差し指が、千代の耳の穴に突っ込まれている。

「もうっ、何してるんですかっ」

「ふふ、くすぐったかったですか？　かわいいですね。次はちゃんと――」

「自分でやります!!」

再び近づいてきた右京の手からイヤリングをもぎ取り、千代は壁にかけられた鏡の前に逃げた。

「ああ、千代さん……ならば、せめて稼働テストを――」

「半径一メートル以上離れててもできますよね!?　これ以上近づかないでください！」

今度はキャスター付きのイスを盾に右京と対峙《たいじ》する。

彼は、どうしてこんなことになったのかわからない、とでも言うように困った顔をしていた。

「おい、準備は済んだのか？　遊んでないでさっさとしろ！」

「あ、所長っ！　もう、右京さんを何とかしてください！」

戻って来た所長に睨まれただけだった。

ホテルに着くと、千代はスタッフに会場前まで案内された。受付で招待状を出し、代わりに名前と年齢が記載されたバッヂを渡される。

せめて偽名を使ってくれればよかったのに、と嘆きつつ、パーティーの趣旨について軽く説明を受けてから、ドキドキする胸を押さえながら会場に入った。

まばゆいシャンデリアの光の下、すでに集まっていた男性と女性が自己紹介を交えつつの会話を楽しんでいる。

「ウェルカムドリンクです、どうぞ」

「あ、ありがとうございます」

渡されたグラスを手に、周囲をキョロキョロと見回す。

今回のパーティーは余興のないオールフリータイム。ホテルの高級料理を楽しみながら、気になる相手と会話をして、最後にひとりを選ぶ。そしてお互いを選ぶとカップル誕生、というシンプルな流れらしい。

すなわち、ターゲットを見つけて会話をし、最後に千代を選んでもらわなければならない、ということなのだ。

それなのに――。

ターゲットの男はどんな顔をしていただろうか。車の中で何度も写真を見ていたはずなのに、緊張のためか全員がターゲットと同じ顔にも、別人のようにも見えてしまう。

「お、落ち着くのよ、千代……」

スパークリングワインをぐいとあおり、深呼吸を繰り返す。問題があればその都度指示を出すと言われたけれど、うまくいくのかどうか、不安が広がるばかりだった。

この婚活パーティーの出席者数は男女合わせて六十人。つまり三十人ずつの構成となっている。出席者はざっと見てもほぼ集まっているらしいことがうかがえた。腕時計はあと数分でパーティー開始の定刻を表示する。何食わぬ顔をして周囲をぐるりと見渡しつつ、探しやすいように、と入口から離れた壁に背中を預けた。

「社長さんなんですかあ！　素敵っ」

「どんなお仕事をされているの？」

そんな声のする方向を見ると、男ひとりを囲むようにして五、六人の女性が集まっていた。

彼女達は誰もが燃えるハンターの目をしている。それもそのはず。ここは結婚相手を探す場所なのだから。

女性達は当たり障りのない会話で談笑しながら周りのライバルや異性を値踏みするように観察している。誰よりも優れたパートナーを。そんな熱意さえ感じられるほどだ。

「恋愛って、こういうものじゃないと思うんだけどなあ……」

周囲に誰もいないのをいいことに、ひとり呟く。

とは言え、誰だってここにいれば、他人からはそう見えるのだろうけれど。

「海外出張はどちらに行かれることが多いの？」

「ヨーロッパならわたくしもよく行きますの」

きゃあきゃあと黄色い声に耳を傾けながら、千代は右京を探す。自分よりも前に会場入りしているにもかかわらず見つからなかった。

もしかして……。ふと気づき、例の集団を見てみると――。

「わ、右京さん!?」

女性に囲まれていた男性は右京その人だった。

「ねえ、桐原《きりはら》さんは年上の女はお嫌い？」

「そんなことはありませんよ。女性は年齢ではなく、いかに男を癒してくださるか、ですから」

「やっぱりＩＴ企業の社長さんともなると、毎日忙しいですよねぇ？」

「そうですね。だからこそ、心許せる方を探していますし、その方に癒していただきたく思います」

にっこりと笑顔を振りまきながら話している。

「……信じらんない」

千代には本名を名乗らせているくせに、右京はちゃっかり偽名を使っている。しかも、ＩＴ企業の社長という肩書きらしい。

女性に囲まれながらも、まんざらでもない様子にイライラが募る。

「サポートするって言ったくせに、自分はずいぶんとお楽しみのようで」

グラスをくいっとあおるが、すでに飲み干しており、中身は空だった。

お代わりを求めて壁から離れると、横からグラスを差し出された。

「どうぞ」

「え、あ、ありがとうございます」

「初めまして。ええと蓮水さん？　少しお話ししませんか？」

千代の胸元に付いている名札に視線を投げつつ、男性が話しかけてきたのだ。残念ながらターゲットではない一般参加者だ。

「は、はあ……」

無下に断ることもできず立ち止まり、始まってしまった男性の自己紹介に耳を傾ける。作り笑いで相槌を打っていると、そこにまたひとり、ふたりと男性が現れ、あっという間に三人に囲まれた。

「蓮水さんはどんな趣味をお持ちですか？」

「ドライブはお好きですか？」

「あ、ええと……わたしは車より、歩く方が好きですね」

サポートします、と言った右京は千代の様子に気づいていないのか、女性に囲まれたままで頼りになりそうもない。

入口を背にして立ち止まってしまったせいで、このままではターゲットが会場に入ってきても気づけない。ここまで来たのに、失敗してしまうのではないかと冷や汗が流れる。

「お仕事は何を？　もし結婚したら家庭に入りたいという希望はありますか？」

「蓮水さんの得意な料理は何ですか？　知りたいなあ」

「そ、そうですね……うーん、和食かな？　あははは」

質問に適当に答えながら、焦りばかりが募っていく。

「小娘、会場から出ろ」

突然、千代の耳元から所長の声が聞こえた。

「はい？」

振り向くが、そこに所長はいない。当たり前だ、その声はインカムから聞こえてきたのだから。

「蓮水さん、どうかした？」

「あ、いえ……」

「時間がない、もたもたするな。会場を出てすぐ右、ロビーの方向だ」

「えっと――すみません、ちょっとお手洗いに……」

そう断ってから会場を出て、所長の指示どおり歩く。きょろきょろと周囲を見回しながら所長の姿を探すが、どこにも見当たらない。

「あの、右ですか？　でもどうして――」

「遅い、走れ！　その角を左！」

「ちょ、わたしヒールなんですけどっ」

言われたとおり、小走りで駆け出すと――

「おっと」

「きゃあっ」

指示された角を曲がった途端、誰かと正面衝突をしてしまった。そのまま千代は尻餅をつく。

「いたた……」

「すみません、お怪我は？」

スーツ姿の相手に腕を引かれ立たされる。

「だ、大丈夫です」

毛足の長い絨毯《じゅうたん》のお陰で衝撃が少なかったのがせめてもの救いだった。

「ごめんなさい、急いでいて――」

言いながら顔を上げると、衝突した相手がまさかのターゲットだった。予想外の出来事に千代は目を見開き、ぽかんと見つめてしまう。

「あの……本当に大丈夫？」

「あ、だ、大丈夫です！」

あまり見すぎると怪しまれる。千代は急いで俯き、顔を隠した。こんな唐突に出会うとは思っていなかった千代の心臓が早鐘のように打つ。千載一遇のチャンスなのに、どうしたらいいのかわからない。

「もしかして、婚活パーティーに出席してる人？」

「えっと。はい、そうです」

「実は俺もなんだ。少し時間に遅れちゃったから、もう素敵な出会いがないかなと思ってたけど――」

そう言いながら、男は胸元の名札を指さした。

「俺は神宮寺《じんぐうじ》公彦《きみひこ》って言います。君は――蓮水さん？」

「は、はい蓮水千代です。二十三歳で、えっと事務の仕事をしてます」

いきなり始まった自己紹介にしどろもどろで答える。

「どうぞよろしくね。そうだ、急いでたんだっけ？　会場に戻ったらいろいろ話せるといいんだけど……」

「あ、ええと」

「上出来だ、小娘」

所長の声が聞こえた。もしかして、彼はこれを狙っていたのだろうか。

「いえ、何を急いでいたのか忘れちゃいました。なので……その、大丈夫です」

「ははっ、じゃあ一緒に行こうか」

「は、はい」

所長のお陰でターゲットの男と知り合うことができた。

それからはふたりで他愛もない話をした。どんな会話をすれば怪しまれないかとヒヤヒヤしたけれど、別段気にすることもなく趣味の話や仕事の話をしただけだった。

神宮司公彦、東京出身の三十歳――新宿に事務所を構える食品輸入会社の専務をしているらしい。

数点名前を挙げた取引先のレストランはどれも予約必須の高級店で、千代も聞いたことがある有名店だった。

「じゃあ、今度一緒に行こうか」

「わあ、いいんですか？」

「関係者だから、夜景の綺麗な席を押さえておくよ。あ、これ内緒ね？」

いたずらっぽく笑いながら神宮寺が言う。これは、次のデートのお誘いということだろうか。

「ふふ、内緒なんですね。わかりました」

千代は笑顔で快諾した。

パーティーも終盤に差しかかった頃、スタッフの指示で一旦神宮寺と離れると、千代は彼の名前を書いた紙を用意されていた女性用のボックスに入れる。会場内はセンターラインで男女別に分けられていて、これからスタッフが集計して、成立したカップルを発表するのだ。

もうすぐ終わる……ほっとしながら、会場内にいるはずの右京を探してみると、窓際に彼を見つけた。憮然とした態度で腕を組み、壁に背を預け千代をじっと見ている。機嫌が悪そうなのは、ずっと女性に囲まれていて疲れたからだろうか。

ニコニコと楽しそうに会話をしているように見えたけれど、そうでもなかったのかもしれない。

右京の態度を疑問に思っていると、集計を終えたスタッフが張り切った様子でマイク越しに、成立したカップルの発表を始めた。

数組が名前を呼ばれる中、千代と神宮寺の名前が会場内に響く。

照れつつも嬉しそうに微笑む神宮寺は、拍手喝采の中、千代に近寄り、その手を取った。

「実は俺、あそこでぶつかったとき、運命を感じたんだ。蓮水さんもそうだといいんだけど……」

「わ、わたしもです！」

運命、という言葉に肌を粟立てつつ、引きつりそうな頰を無理矢理笑顔にする。

「またすぐ会えるかな？　ぜひ、俺の店に君を招待したいな」

「わあ、楽しみですー」

そして、神宮寺とまた会う約束をしてホテル前で別れた。

長い一日が終わった気がしてため息をつく。

「まさかここまでとは。よくやったな、小娘。天性の才能だなこりゃ」

車に戻ると、運転席に座る所長が開口一番に言う。

「ほ、ホントですか？」

あの鬼所長に、褒められた？　普通はもっと苦労するのだろうか。経験のない千代は首を傾げたが、うまくいったのなら、それはそれで嬉しい。

「にしても、いろいろと話してみましたけど、なーんか普通の人っていうか……結婚詐欺なんてしそうにない人ですよね。台詞はちょっとクサかったですけど」

「だから詐欺ができるんだよ」

詐欺を目論む者はいたって普通に見える人間が多いらしい。平凡な容姿でも、財産を持っているとアピールするだけで結婚適齢期の女性が近寄ってくるのだと、所長は言う。

「仕事に追われ、気づけば結婚適齢期。金は自分磨きにしか使わないような単純な思考回路の馬鹿が、まんまと騙されるんだ。そこで結婚の二文字をちらつかせれば、落ちない女はいないんだろ」

「えー、そういうもんでしょうか」

逆に、容姿が優れていると、それだけで相手が疑ってしまい、騙しにくいらしい。

「お前みたいな平凡な小娘が、右京みたいな男前に口説かれてみろ。すぐにおかしいと訝《いぶか》しむだろ」

「……その点に関して、言い返してもいいですか？」

遠回しに馬鹿にされていることには気づいたが、それはだいぶ見当違いだ。

「とにかく、お前騙されやすい顔してるからな。本物の詐欺師には注意しろよ」

「何てこと言うんですか⁉　騙されませんよ！」

そんな言い合いをしながら待っていると右京が戻って来た。

「あ、おかえりなさい右京さん。聞いてください、さっきわたし、所長に褒められたんですよ」

「褒めてねえよ」

「でも、よくやったって言ったじゃないですか」

「調子に乗るな、小娘！」

それでも、褒められたことに変わりはない。ニヤニヤしてしまうのはやめられそうになかった。

「右京さん？」

隣に座る右京を見ると、彼は心ここにあらず、といった様子でどこか一点を見つめている。

「え、ああ、そうみたいですね。さすが千代さんです」

最後までサポートをしてくれなかった右京には腹が立ったけれど、まあいいか、と千代は思い直すことにした。

それから二週間後のことだった。

「わたしも、寂しいですーあはは……はい。では、また」

千代は事務所の窓から外を眺めながら、愛想笑いをして電話を切った。

「はあ……もう、スープが冷めちゃった！」

結婚詐欺師の神宮寺とは週に二、三回のペースで会って食事をしたり、映画を見たりしながら距離を縮めていた。

もちろん平日はお互い働いているので、会うのは午後六時以降。その代わり、会えない時間は神宮寺からひっきりなしに無料通話アプリでメッセージが届く。面倒になって放っておくと、なかなか既読にならないことに業を煮やして電話がかかってくるのだ。そして延々と、会えなくて寂しいだの仕事が手に付かないだの聞かされる。

今も昼休憩だからと電話があり、四十分も話し続けた。

神宮寺も騙すことに必死なのか、ことあるごとに会いたがり、会えば必ず花束を贈られた。お金を騙し取るためとはいえ、ここまでされるのだから、女性も簡単にほだされてしまうのだろう。

今回の千代の仕事は神宮寺《ターゲット》と仲良くなり、求婚させること。そのため、騙されたフリをしながら長時間の電話にも付き合っていた。けれど、たったの二週間で、千代はへとへとに疲れきっていた。

「はあ……」

席に戻り冷たくなったコーンスープをすすりながら、ちらりと右京を盗み見る。

先ほどの電話の内容を聞いていたので、何かしら言ってくると思っていたが、彼は静かにパソコンを操作していた。

婚活パーティーからずっと、右京の様子がおかしい。もちろん今の状態が嫌なわけではない。余計な発言をせず、黙々と仕事をしてくれているのだから、千代にとっては大助かりなのだけれど、右京が千代に絡んでこないせいでどうも調子が狂う。

彼はセクハラ発言はおろか、スキンシップさえしてこない。それらが日常のこととして慣れ始めていた自分にも驚きつつ、この平穏がいつまで続くのかと不安にもなった。

翌日の土曜日。

花園探偵事務所は依頼があれば土日も営業している。

今日は午後に浮気調査の依頼が入っているため、千代も右京も出勤していたのだが、そんなこともおかまいなしに、千代のスマートフォンが鳴り響いた。

「げ、また神宮寺さんから電話だ。今日は予定があるって言ったのになあ――もしもし」

千代が通話ボタンを押すと同時に、右京がイヤホンを耳に差し電話の内容を一緒に聞き始めた。ちなみにこの通話は、内蔵のアプリですべて自動で録音されている。

「おはよう、千代ちゃん。起きてた？　今から会えないかな？」

「え、今からですか？」

どうしよう――所長は外出中で不在だ。右京に目で合図を送ると、夕方なら、と書かれた走り書きを見せられる。

「えっと――」

「あのさ、今からマンションを見に行かないかい？」

「マンション……ですか？」

「知り合いが不動産屋をしていて、オススメ物件があるらしい。午前中しか時間が取れないって言うんだけど、もし良かったら」

「それって……」

「いや、ははは。言葉にすると、恥ずかしいな。千代ちゃんと一緒に住めたらいいなって思ってて――」

右京は険しい顔つきで首を横に振った。

「……あ、あのっ」

「そうだよね、突然こんなこと言われても驚くよね。実は、俺達の将来を考えて、こっそり探してたんだけど……」

「マンションを買うってことですか？　わたしと住むための？　行きます‼」

思ったよりも早い展開に、千代はたまらず返事をした。

電話を切ると、右京はイヤホンを外して千代に詰め寄った。

「いけません、千代さん！」

「でも、マンションを見に行くって。チャンスじゃないですか。頭金をわたしが払うっていう証書か何かを手に入れて、あとは婚約すればいいんですよね。そしたら証拠もそろって、詐欺として訴えられるんでしょう？」

これは神宮寺の常套《じょうとう》手段だった。

一緒に住むマンションを買うといって見学にいき、名義を女性にするという口約束で頭金を支払わせるのだ。もちろん怪しまれないように、少しでも支払った形跡がないと名義人になれない、などと嘘を並べて、あとで返すからと現金を受け取る。

結婚の二文字をちらつかせるだけで、婚活パーティーに参加した結婚したがりの女性は疑うことなく現金を用意する。

けれど実際は、マンションの購入手続きはされておらず、渡された証書もニセモノ。連絡が取れなくなり、気づいたときにはすでにいなくなっている、という算段だ。

神宮寺がマンションの見学に誘ってくるということは、彼の計画もいよいよ大詰めということだろう。

「展開が早すぎます。今までなら交際期間は平均二ヶ月。それなのにまだ二週間しか経っていません。もしかしたらオトリ捜査がバレている可能性も――」

「もしそうなら、マンションを見ようなんて言わないで逃げてますよ。わたし、ずっと手応え感じてたんです！　神宮寺さんは今日、マンション購入について相談してきますよ！　それからプロポーズもしてくると思います」

結婚詐欺の証拠にあたる、神宮寺からの結婚の意思と物的証拠を押さえれば、千代の役目は終わり、日常が戻ってくる。

電話が鳴る度にボロを出さないようにと緊張して話す必要もなくなる。

「だめです。作戦実行の指示は所長が出します。フォローは私がします。あなたはそのとおりに動けばいいのです。余計なことは――」

「余計!? わたしは人形じゃないです! 意思があります! 考えて行動できます!」

短期間でのオトリ捜査の終了を阻むつもりなのか、右京は首を縦に振らない。

所長は千代のことを、よくやっていると褒めてくれたけれど、右京にはそれが面白くないらしい。

「所長は十四時過ぎないと戻りません。許可できません」

これでやっと右京にも、自分の働きを認めてもらえると思っていた千代は、頬を膨らませた。

「せっかくのチャンスじゃないですか!」

「だめです」

「でも――」

「断ってください」

意見はお互い平行線だった。右京は断れと言うが、千代はさっさとこんな茶番を終わらせたい。

「わかりました。どうしても行くと言うのなら……」

やっと根負けして諦めたのかと思いきや、千代の腕を摑み引き寄せる。

「な、何ですか？」

「力ずくで私の部屋に連れていって、寝室に閉じ込めますよ。私の寝室にいる千代さんを見たら、何をするか自分でもわかりません」

右京は笑っていない。目が本気だった。

いつもの冗談めかした言い方ではないのが、余計に千代を怯えさせる。

「い、行くのやめます！　所長を待ちます！」

「はい。今回は残念ですが、賢い選択です」

右京は千代の手を離すと、何事もなかったかのように笑顔を見せて、自分の席に戻った。

千代はため息をついて、断りの電話を入れようとスマートフォンを手に取る。

「あのー右京さぁん？」

隣の応接室から右京を呼ぶ声が聞こえたのは、千代が発信ボタンを押す直前だった。

「あの声って、またですか……」

右京を見ると、彼はほんの少しだけ眉を顰《ひそ》めながら立ち上がった。事務所と応接室を繋ぐ扉を開ける。

「はい。ああ、あなたでしたか。どうかされましたか？」

すぐにクライアント向けの声が聞こえた。

「あの件、どうなったかと思って……あたし、心配で……」

例のクライアントの女性が、今日も突然押しかけてきたのだ。彼女は進捗を聞きに来たと言いながら、自分がどれだけ美しく聡明で、他の女性……たとえば千代よりも優れているかを延々と話し始めるのだ。そうなると一時間は止まらない。

現在捜査中のクライアントであるため無下に断ることもできず、かといって所長も面倒がって出たがらないから、いつも右京が対応していた。

——そんなに優れているのなら、結婚詐欺になんて引っかからないんじゃないの？

そんな心の声とは裏腹に、千代は笑顔を張りつけてコーヒーを出す。

「あ、そうだ。さっき駅前でケーキ買ってきたんです。甘いのお好きかしら？　あなた雑用係でしたっけ？　これ切ってきてくださる？」

「はあ……」

雑用係って！

あながち間違ってはいないが、この女性に言われると何とも腹立たしい。千代はロールケーキを雑に切り分けると、お茶と一緒に乱暴にテーブルに置いた。

それにしても、なんてタイミングのいい訪問なのだろうか。

応接室のドアを閉めると、千代は忍び足で事務所側の出入口から外に抜け出した。

「やった、むかつくけど今回はグッジョブ！」

せっかく神宮寺が誘ってくれたのに、このチャンスを棒に振るなんてやっぱりできない。

それにこの仕事がうまくいけば、彼女も右京を訪ねる理由はなくなる。理由がなければ、右京は仕事の邪魔だと彼女を追いだしてくれるはず。

「所長もわたしのことを褒めてくれたんだし、もし今日で片が付いたら、右京さんもわたしのこと認めてくれるんじゃないかな」

呟きながら、地下鉄の階段を急ぎ足で降りる。だが、改札を抜けたところで小型無線機を忘れたことに気づいた。

神宮寺と会うときは、必ず所長か右京が近くで見張り、インカムマイクで指示を出されていたのだが――。

「ま、いっか。持ってたとしても所長も右京さんも一緒にいないから意味ないもんね」

ＩＣレコーダーさえあれば、証拠は十分に揃う。

千代は待ち合わせ場所に急いだ。

神宮寺に案内された場所は、つい最近完成したばかりの豊洲にあるタワーマンションだった。

「景色もいいし、駅からも近い。人気物件なんだよ」

「わあー素敵ですねー」

マンションの話が出たら所長に言えと指示された言葉があった。千代はポケットのＩＣレコーダーの録音ボタンを押し、今か今かと待ちわびる。

「ここで一緒に住むのはどうかな？」

「……それって、わたし達の将来を考えてのこと？」

期待した目で神宮寺の顔をまっすぐ見つめる。

「もちろんだよ」

それは、向こうから結婚を申し込ませる、魔法の言葉――。

「わたし、ちゃんと言葉でほしい」

神宮寺はその場に膝を付き、千代の手を取った。

「俺と、結婚してくれないかな？　君と出会えたのは運命だと思ってる」

「わ、わあー嬉しいー」

千代は、事前の指示どおりはっきりとした回答はせずに喜ぶフリをした。

それにしても、どうしてだろう……触れられただけなのに、ぞわりと肌が粟立ってしまうのは。

千代は、手を振り解きたいのを我慢して笑顔を作った。

とにかく、千代は彼に求婚させた。あとはマンションの頭金の話を待つだけ。

……だったのに、マンションの設備や近隣の様子を聞いて、見学はあっさりと終わってしまった。

「あ……」

場所を移動して神宮寺とランチを食べていると、千代のスマートフォンが鳴り出す。

右京からだった。電話に出ようか迷ったけれど、まだマンションの頭金についての話は出ていない。

今、電話に出れば確実に怒られるだろう。戻ってこいと言われたら作戦は失敗する。

「千代ちゃん、誰から？　急ぎの用事？」

「い、いいえ！」

千代はそのままスマートフォンの電源を切った。証拠を揃えたら、こちらから現在地を伝えて指示を仰げばいい。手柄さえ立てれば、千代が勝手をしたとしても少しばかり注意を受けるだけで済むだろう。

食後は婚約指輪や結婚式の話をしながらウィンドウショッピングをした。そして夜七時に、彼が予約をしているというホテルの最上階にあるレストランに向かった。

「俺達の結婚に乾杯」

「か、かんぱーい」

あれからずっと一緒にいるけれど、神宮司は金の話をまったくしてこない。正直、ここまで勿体振られるとは思っていなかった。

かといって、右京の言うようにオトリ捜査がバレているような気配もない。

こちらから話題を振るべきだろうか、とワイングラスを置き、テーブルに身を乗り出した。

「あの、神宮寺さん。マンションのことなんですけど……」

「ああ、入居できるのは早くても来月からだよ。いつ引っ越そうか？　結婚前に同棲もいいけど、その前に千代ちゃんのご両親にも挨拶に行かないとね」

「は、はあ……」

金の話題をすぐに出さないのも詐欺の手口なのだろうか。自分から支払うと言ってしまうと、詐欺としての立証はできない。それくらい、千代にだって判断はつく。

ならば食後だろうか……千代はモヤモヤしながら食事を続けた。

神宮寺は、お祝いだからと高そうなワインを何杯も頼んだ。その度にグラスを鳴らし、乾杯をする。

ＩＣレコーダーで録音を始めてから、もうすぐ十時間。

「すみません。ちょっと、お手洗いに」

千代は席を立つと、フラフラする足取りでトイレに向かった。

「うう、ちょっと飲みすぎた……」

千代の持つＩＣレコーダーは十時間程度の録音が可能なものだった。しかし、プロポーズのあとの会話は、今のところすべて無駄なもの。予備に持たされていたもうひとつのレコーダーをバッグからポケットに移動させて、スマートフォンをじっと見つめる。

お昼から電源は切ったままだった。

神宮寺はすぐにマンションの頭金について相談してくると思っていた。だから千代は、数時間で報告ができると考えていた。

「まさか、こんなに時間がかかるなんて……」

――だから言ったじゃないですか、私達がフォローしないと、千代さんは全然役に立たないんですよ。お人形さんでいた方がまだかわいげがあります。

右京が笑顔でそう言う声が聞こえた気がした。

「く、くやしい……」

今、連絡をすれば、この言葉はきっと現実となるだろう。勝手に事務所を飛び出して、今さら指示を仰ぐなんて、ものすごく愚かすぎる。

「もしかしたら、デザートのあとに言ってくるかもしれないし……うん、もう少し待ってから連絡を入れよう！」

千代は再びスマートフォンをバッグの奥に押し込んだ。

それから千代は、勧められるがままにワインを飲み、どうでもいい話に相槌を打った。

「千代ちゃん大丈夫？」

「はい……」

「ちょっと休もうか」

休む？　もう家に帰りたい。でも証拠は揃っていない。今帰ったら、確実に所長と右京に怒られる。

それは嫌。

「まだ、帰りたく、ない……」

「大胆だね、千代ちゃん」

何が大胆なのだろうか。回らない頭で、神宮寺の言葉の意味を考えた。

目を開けると、頭上には見たことのない天井があった。重い身体を何とか起こし、周囲を見回す。千代は知らない部屋のダブルベッドの上にいた。

「あ、あれ？」

なぜこんなところにいるのだろう。ぼうっとする頭で考える。

「目が覚めた？　ちょっと飲みすぎちゃったかな？」

神宮寺はシャワーを浴び終わったようで、白いガウン姿だった。それを見て千代の記憶が瞬時に蘇り、さあっと血の気が引いていく。

「あ、あの、あのっ」

外の景色から察するに、ホテルの一室らしい。すぐ近くのサイドテーブルに置いてあったバッグと上着に手を伸ばし、ポケットを探ってICレコーダーがあることを確認した。まだバレていないことにほっと息を吐いたが、千代は新たなピンチを迎えていることに気がついた。

「えっと、すみません、飲みすぎちゃったみたいで……でも、もう大丈夫なので帰りますね」

「え、帰るって、どうして？　ほら、さっきルームサービスでフルーツを頼んだよ。何がいい？　食べさせてあげるよ」

窓際にある小さな丸テーブルには、銀のトレイに綺麗に並べられたオレンジやメロン、イチゴなどのフルーツ盛り合わせがあった。

「いえ、帰ります」

「どうして？」

「だ、だって、わたし――」

この部屋の出口は、神宮寺の後ろにある。千代は会話を続けながら、どう逃げようかと必死で考えた。

「そんなに怯えないで。俺達は婚約したんだよ？　お互い、子供じゃないんだからさ」

神宮寺は千代の肩を摑むと、ぐいと顔を近づけた。

「い、いやです！」

顔を背けながらキスを避け、必死になって彼を押し返すが、お酒のせいか力が入らない。

「やめて……は、離して……」

「こういうプレイが好きなの？　いいね、逆に燃える」

「す、好きじゃないっ！」

「でも、こうしてほしいって、何度も俺に合図を送ってたよね」

「送ってないです！」

突然何を言い出すのか、神宮寺は鼻息も荒く千代をベッドに押し倒した。

「待たせてごめんね」

ギシ、とベッドが軋《きし》む。両手を拘束されて逃げられない。

「やだー、やだやだー！　離してっ！　結婚詐欺師のくせに何で⁉　こんなのってないありえないっ！」

千代のその言葉に、神宮寺の動きがぴたりと止まった。

「千代ちゃん……何で知ってるの？」

抵抗するのに必死で、余計なことを言ってしまったと千代は、はっとして口を噤んだ。

「えっと、それは……」

だが、もう遅い。何の言い訳も意味をなさない。

「だから、その」

「そうか。千代ちゃんはそんなことを気にしてたのか。でも安心してくれていい。もう詐欺はしないから」

「……え？　はあ？」

「君と会って、人生が百八十度変わってしまった。千代ちゃんを幸せにしたいんだ」

ああ、そうだった。

千代は忘れていた。自分がどれだけ変態に好かれてしまう体質だったかを。

「もー嫌ぁ!!　離してーっ！」

右京の言うことを聞いていれば、こんなことにはならなかった。大人しく指示に従っていれば――。

「ごめんなさいーもうしませんから、右京さん助けてー！」

首を左右に振りながら、迫る神宮寺の唇から逃げる。じたばたと暴れて、神宮寺の力が緩む隙を待つ。

そのときだった。

「千代さん！」

扉がものすごい音を立てて開き、誰かに名前を呼ばれた。

「な、何だ？」

神宮寺が振り返るのと、彼が宙を舞うのはほぼ同時だった。

突然目の前が開けて、そこに息を切らせた右京が立っているのが見えた。

「う、右京さん！」

どうやら神宮寺は右京に殴られたらしく、ベッドの反対側に倒れていた。

「大丈夫ですか？　千代さん」

右京に腕を引かれ、千代は半身を起こした。

「右京さーん」

恐怖と安堵が交じり合い、千代はぼたぼたと涙を流した。

「勝手なことをしてごめんなさい。わ、わたしひとりでも、できると思って……」

「まったくです。あとでお仕置きですよ。さあ、涙を拭いて。立てますか？」

右京は微笑むと千代を立たせる。

「急いでいて、ハンカチを忘れてしまいました」

そう言いながら、右京は指先で千代の涙を拭った。

「くそ……ここはオートロックだぞ！　勝手に入って来て、いや、どうやって――」

神宮寺は頬をさすりながら起き上がると、突然の乱入者である右京を凝視する。

「少しばかり、国家権力をお借りしました」

そのとき、笹木刑事とホテルのスタッフらしき年配の男性がドアから雪崩《なだれ》れこんでくる。

笹木刑事は前回の千代のピンチのときにも右京と共に駆けつけてくれた人だ。

「ひとりで突っ走るな、右京！」

「ですが、お陰さまで千代さんは無事ですよ」

悪びれもせず言う。

「この男の使う偽名はすべて調べ上げていましたから、ホテルの支配人に笹木刑事の手帳をお見せして、宿泊客の名簿を閲覧する許可をいただきました」

「まったく、勘弁してくれ。これ以上勝手なことをされると、俺のクビが危うくなる」

「そうですか。では、刑事を辞めたあとは、ぜひ花園探偵事務所へ再就職のご相談を。歓迎しますよ」

「ふざけるな、馬鹿右京！」

そんなやり取りを聞いていると、本当に助かったのだと実感できて、再び涙が溢れてきてしまう。

「さ、笹木刑事ぃー、権力を貸してくれて、あり、ありがとうございますー」

「いえいえ。あと、鼻水出てるよ」

笹木刑事は苦笑いでポケットからティッシュを取り出し、千代に差し出した。

「どいつもこいつも……俺と千代ちゃんの邪魔をするな！」

ティッシュを受け取ろうとしていた千代は、突然背中に衝撃を受け、そのまま笹木刑事に抱き留められた。右京に突き飛ばされたのだと気づき、振り返る。

「ちょっと、いきなり何を――」

千代が言い終えないうちに右京の体が揺れ、その場に膝を付く。

「右京！」

千代を離した笹木刑事が神宮寺に向かって猛然と駆け寄った。神宮寺の持っていた果物ナイフがなぜか赤く染まっている。

何が起こったのだろう。まるでスローモーションの映像を見ているようだった。笹木刑事は、果物ナイフを振り回して暴れる神宮寺を取り押さえ、床に押しつけると、腰のホルダーから手錠を取り出し後ろ手に拘束した。

右京は脇腹を押さえながらゆっくりと崩れ落ちた。腹部から赤い染みが広がり、クリーム色のカーペットを濡らしていく。

「え……う、右京さん……右京さん！　どうしたんですか！」

駆け寄って彼の身体に触れると、千代の手が鮮血に染まった。

「千代、さん……怪我は、ありませんか？」

右京は眉間に皺を寄せて、苦しそうに微笑む。

「わたしじゃなくて、右京さんが――」

カーペットがじわりじわりと濡れていく。このときやっと右京が刺されたのだと気づいた。どうしていいのかわからずにいると、笹木刑事がその隣に膝を付いた。

「右京！　意識飛ばすなよ！」

ベッドのシーツを引っ張り、右京の腹部に押し当てながら、スマートフォンでどこかに電話をかけていた。笹木刑事と共に現れたスタッフはホテルの支配人だったらしい。彼は笹木刑事に救急車を呼ぶように指示されているようだった。

やがて、遠くからサイレンが聞こえてきた。


「笹木！」

所長の声に千代はびくりと肩を揺らした。顔を上げると同時に、隣に座っていた笹木刑事が立ち上がる。

「右京は？」

走ってきた割には冷静な声で所長が尋ねた。

「少し前に手術室に運ばれました。だいぶ出血しているようです」

笹木刑事の硬い表現と言葉に、心臓が嫌な音を立てる。

千代は笹木刑事とともに救急車に乗って病院に到着した。手術室に運ばれるまで右京の手を握り、彼も絶えず笑顔だった。

別れるまで「大丈夫ですよ」なんて笑っていたから、命に別状はないくらいの怪我だと思っていた。

手術は傷口を縫合するだけだと、そう思っていた。

けれど、笹木刑事の緊張した顔つきを見て、それは右京の優しい嘘だったのだと気づかされる。

ほんの三十分前までは喋っていたのに、もう今後二度と、右京と話せなくなってしまったら――。

冷や水を浴びせられたかのように、千代はばっと立ち上がった。

「し、所長……」

「この馬鹿が！」

所長は、千代に目を向けると大声で叫んだ。

「ごめんなさ――」

「お前が馬鹿やんなきゃ、こんなことにならなかったんだぞ！」

静かな廊下に怒声が響き渡り、すかさず笹木刑事が千代の前に割り込む。

「落ち着いてください」

「笹木は引っこんでろ！」

「そうはいきません。ここは病院ですし、今は手術中です」

「ちっ」

所長は腕を組むとイライラをまき散らしながら反対側の壁に寄りかかった。

薄暗い廊下の灯りは、遠くのナースステーションから漏れる光と手術中のランプだけだ。

そのとき、手術室の自動ドアが開き、緑色の手術着を着用した男性医師が現れた。

「右京綺羅さんのご家族の方と連絡を取れますか？」

「俺がアイツの上司で、親代わりだ」

所長が答えた。困惑した表情の医師に、千代はいよいよ爆発しそうな胸を押さえる。

どうして家族を呼ぶ必要があるのだろう。悪い知らせだろうか。千代は医師の次の言葉を待つ。医師はしばし迷うような素振りを見せたあと、所長に静かに告げた。

「輸血が必要です。同意書を――」

所長は頷くと、促されてどこかへ向かう。

「あの、わたしも――」

「お前はそこで事情聴取でも受けてろ！」

着いていくことを拒絶され、千代は力なく椅子にへたり込んだ。

輸血が必要ということは、多量に出血したことを意味している。

「どうしよう……」

千代は震えはじめた両手を見下ろした。その手は右京の血で汚れていた。

途中から笹木刑事に代わって右京の傷口を押さえた。血の染み込んだカーペットにも膝を付いていたため、衣服にも右京の血液が付着している。

それはすでに乾き、赤茶色の染みになっていた。

「右京さんが助からなかったら、どうしよう」

千代は血が付いたままの両手を組み、祈るように項垂《うなだ》れる。目頭が熱くなり、視界がぼやけた。

わたしのせいだ。わたしのせいだ。わたしの……。

「蓮水さん――」

「右京さんに止められたのに、わたしが黙って抜け出したから……わたしが、怒られると思ってスマホの電源を切ってたから。わたしが、お酒を飲みすぎたから……わたしが、あそこで右京さんに助けを求めたから……」

こうなる前に何度も考え直すチャンスはあった。それなのに、千代は自分の実力を過信して神宮寺の懐《ふところ》に入り込みすぎた。うまく騙せていると勘違いして、神宮寺の思惑を察知することができなかった。

「すべてが君の責任じゃないよ」

笹木刑事は、千代をなだめるように優しい声で言う。

それが千代に追い打ちをかけるとも知らずに。

「無責任なこと言わないで！　わたしが全部悪いんです！　わたしが死ねば良かったんです！」

死——その単語を口にしたことで、押さえていた感情が堰を切ったように溢れ出す。最悪の事態を想像してしまい、千代の心が恐怖に支配される。

「わたしが刺されればよかったのに。どうして右京さんなの？　わたしが原因なのに、どうして？　どうして——」

「大丈夫、大丈夫」

おずおずと伸ばされた手が千代の頭を撫でた。

大丈夫——それは右京が何度も千代に伝えた言葉だった。

「大丈夫、右京は死なない。今、頑張ってる。俺は蓮水さんより右京と付き合い長いよ。だからわかる。アイツは大丈夫」

頭をポンポンと撫でられ、呪文のような「大丈夫」を聞いているうちに、千代は次第に冷静さを取り戻していった。

「はい……取り乱しちゃって、すみません」

今は右京を信じて待つしかない。


どれくらい時間が経っただろうか。手術室の重い扉が開き、意識のない右京が千代の前を通過した。

顔は青白く、酸素マスクで口元が覆われていた。

「右京さん！」

駆け寄ろうとして、看護師の女性に制止される。

「大丈夫ですよ。今は眠っているだけですから」

その言葉に、千代はほっと全身で息を吐いた。

「麻酔がまだ切れていないから、面会時間にまたいらしてくださいね」

千代は涙をこらえながらぺこりと頭を下げた。

「ほら、言っただろ」

そう言いつつも、笹木刑事は長い息を吐きながら、病室に運ばれていく右京を目で追っていた。

「右京は殺しても死なないよ」

「そうですね」

笑うべきなのに、千代の意志に反して涙がこぼれる。それを見て、笹木刑事は苦笑いした。

「ごめ、なさい……」

鼻をすすり、手の甲で目を擦る。少し痛いのは擦りすぎたからだ。きっとひどい顔をしているに違いない。

「鼻水出てるよ。はい」

笹木刑事がティッシュを差し出してくれた。

「君に涙は似合わないよ。さ、笑って——って、右京だったら言うと思わない？」

「右京さんはそんなキザなセリフは言いません」

「あ……え、そう？」

　千代がこらえきれずに吹き出すと、笹木刑事は気恥ずかしそうに手で口元を隠した。

「でも、ありがとうございました。わたしひとりだったら、悪い想像ばかりして冷静でいられなかったので」

千代は笹木刑事にも頭を下げてお礼を言った。

「それじゃあ、安心したところで申し訳ないんだけど、少しだけ話を聞かせてくれるかな」

「はい」

待合室に移動した千代は、笹木刑事とあとから合流したもうひとりの刑事から事情聴取を受けた。いろいろな質問に対して、今日あった出来事を思い出しながら答える。

オトリ捜査のことは所長から聞かされていたらしく最後に軽く叱られてしまった。

「詳しい話はまた後日聞かせてもらう。とりあえず今日はここまでにして、君も疲れているだろうし、帰って着替えた方がいいね」

「そうします……」

パトカーで送るという申し出を丁重に断ってから、笹木刑事達と別れ、外に出る。

東の空からは太陽が昇りはじめていて、まぶしい光に思わず目を細めた。

「おい、小娘」

その声に振り返ると、入口脇の喫煙スペースに所長がいた。

「所長……」

「そんな格好でタクシー呼んだって乗車拒否されるぞ。ここから歩いて帰るなら、一時間はかかるだろうな」

千代が黙っていると、所長はタバコの火を消して、ついて来い、と顎で駐車場の方向を差し示した。そのあとを千代は無言で歩く。

「あの、今回は本当にすみませ――」

「ひどい顔だな。見られたもんじゃない」

彼は千代の言葉を遮った。

「……所長こそ」

「俺は待合室で仮眠してたからな、体調は万全だ。しかし、あの椅子は寝心地が悪かった」

そう言いながら肩をぐるぐると回し、身体をほぐしている。

笹木刑事から別れ際に、所長が右京の入院手続きをしたと聞かされた。それと、寝不足だから看護師から車の運転は控えるようにと忠告された、ということも。

けれど千代は、黙って所長の運転する車に乗った。

「……お前の仕事は、ターゲットを騙していかに早くプロポーズさせるか、じゃない」

病院から何個目かの信号で止まったとき、所長がぽつりと呟いた。

「……どういう、ことですか？」

長い沈黙のあと、千代が尋ねる。

「お前をとおして奴の手口や行動理由を、証拠として形に残すことだ。写真なり音声なり、プレゼントなりな」

　所長はタバコを咥えて火を付けると、アクセルを踏みながら窓を少しだけ開けた。

「……そうして初めて、詐欺に遭ったクライアントの数少ない証拠が活かされる。クライアントの持つ証拠だけでは、神宮寺が結婚詐欺をしたと立件できない。あの男はそれを熟知していた。だからオトリ捜査を仕掛けることにしたんだ」

「そんな……」

「証拠を消される前に、お前をとおして記録に残す。あとはそれをまとめて奴に叩きつける。言い逃れさせないためだ。裁判でも有利に動く。必要があれば警察に被害届を出す」

　それならば、千代の今回の行動はまったく無意味なものになる。だが、所長は最初、婚約までこぎつけろと言った。だからオトリ捜査の最終的な目的は、千代への求婚の事実と現金引渡しの物的証拠だと思っていた。

「だったら先にそう言ってください！　わたし、そうだって知らなかったから――」

「知ってたらうまく行動できたか？　お前はそこまで女優じゃないだろ」

　確かにそのとおりかもしれない。

　証拠を集めなければと、うまく立ち回らなければと焦り、オトリなんて務まらなかったかもしれない。

「……だが、お前の言うとおりかもしれないな。下手な演技じゃバレると思ったから、必要最低限のことしか言わなかった」

「いえ……私が勝手なことしたのがいけないんです。ごめんなさい」

それからはお互い無言だった。

「ほら」

「え？　わっ」

マンションの地下駐車場に車を止めると、所長が一枚のカードキーを投げて寄越した。

「右京の部屋のカードキーだ」

「あ、あの――」

「着替えてその頭スッキリさせてから、あいつの着替え届けて、始業時間までに事務所に戻って来い。言っとくが、寝不足だからって休ませねえぞ」

そう言うと、所長は大きなあくびをしながら去って行った。

「……所長だって寝不足じゃないですか。看護師さんに運転しちゃだめって言われたんですよね」

所長の姿が見えなくなったあと、千代は小さな声で呟いた。


酸素マスクに隠れた口元。腕に繋がれた点滴。規則正しく鳴る機械音は、心音と同じ速さ。

そして、ベッドには右京が静かに眠っている。

本当に生きているのか。眠っているだけなのかと不安になり、千代は右京の手にそっと触れた。その手は温かく、しっかりと生きていることを実感させてくれる。

「おいこら、サボり魔」

個室の扉が乱暴に開けられ、所長がずかずかと入って来た。

「所長、静かにしてくださいよ！」

千代は急いで右京の手を離した。

「サボってません。午後は半休取りますって言ったじゃないですか」

「聞いてねえぞ」

「言いました！　居眠りでもしてたんじゃないですか？」

「……言うじゃねえか、小娘」

ぎろりと睨まれて、千代は一瞬だけたじろいだが、すぐに言い返そうと口を開こうとした。

「ったく、お前のせいでめちゃくちゃだ。あのクライアント、いきなり来たかと思ったら右京を出せだの何だの騒ぎやがって」

どうやら千代が出掛けたあと、彼女がまたアポなしで訪ねてきたらしい。

「お前もいないもんだから、ふたりしてどこに行っただの、居場所を言えだのキャンキャンとうるせーのなんの……」

「それで、どうしたんですか？」

「追い出した」

所長は面倒くさそうに答える。

「追い出したって、お客さんですよ！」

「ああ、あの女もそんなこと言ってたな。こんな仕打ち耐えられねえから、依頼は取り消すってよ」

「ええっ！　取り消すって……神宮寺さんは逮捕されたんだし、依頼には十分応えたじゃないですか」

「詐欺としての犯罪を立件できたわけじゃない。今回は傷害事件として逮捕されただけだ。それだけじゃ、あの男を社会的に抹殺はできても、騙されて取られた金までは取り返せないんだよ」

「でも……」

「もう知るか。報酬の半分はどうせもらってんだ」

せいせいしたと言いながら、所長は眠そうに欠伸をした。

「せっかく婚活パーティにまで参加したのに……」

「これでいいんだよ。まあ、最初から右京はこのオトリ捜査に反対してたしな」

「え、どうしてです？」

「さあな。神宮寺から自分と同じニオイでも感じたんじゃねえの？」

それは右京が神宮寺のことを変態だと見抜いてたということだろうか。

「お前も調子に乗ってたし、この捜査を何度も中止したいって申し出てきてたぞ」

「調子になんか……最初はうまくいってたのは確かじゃないですか」

少しばかりくやしかったので反論する。

「馬鹿か。あの出会いから、神宮寺がお前を選ぶまですべて仕組まれてたんだよ」

「はあ？　どういうことですか⁉」

千代は思わず立ち上がった。

「何だ、自分の魅力でアイツを落としたとでも思ってたのか？」

「ち、違うんですか？」

所長はいよいよ、可哀想な何かを見る目になった。

「あのなぁ、婚活パーティに向かう神宮寺を足止めしたのは俺だ。その間に右京が、アイツに狙われそうな馬鹿っぽい女を一網打尽にする」

「馬鹿って――」

「神宮寺は遅れて参加し、余っていた馬鹿、つまりお前をターゲットに選ぶ」

「は？」

「もっと説明が必要か？」

「いえ、十分理解しました」

ということは、右京が女性に囲まれていたのも、千代を完全に無視していたのも、それから神宮寺が遅れて来たことさえ、すべて計算済みだったということ……。

「俺の唯一の誤算は、アイツがお前にマジになってたってことだな。右京は早々に勘づいていたらしいが……」

どうやら右京の不機嫌の理由はそれだったらしい。そして千代は、ずっと自分の演技がうまくいっていたとばかり思っていた。

「そ、そんなあー」

がっくりと肩を落とす千代に所長も容赦なく事実を突きつける。

「ふん。お前みたいな大根役者のド新人が、あんな演技でうまく騙せてたとでも思ってたのなら相当おめでたい頭してんだな」

「……思ってましたっ」

千代はぶすっと頰を膨らませた。

「それで、あれから神宮寺さんはどうなったんですか？」

「殺人未遂の疑いで拘束中だ。結婚詐欺として立件できるかどうかは、笹木の腕次第だな。まあ、お前が録音した自白もあるし、何とかなるだろ」

「はい……あ、あの、本当にごめんなさい。わたしのせいで右京さんに怪我をさせて、依頼もなしになっちゃって……」

「そう思うなら、これからは身を粉にして働けよ。もらえなかった報酬分、きっちり稼いでこい！」

「はいっ！」

結局のところ、最後の千代の行動のせいで依頼がキャンセルされ、右京が怪我をしたのだ。本当に無駄なことをしたのだと、千代は落ち込んだ。

「ったく、辛気くさい顔すんじゃねーよ。俺が苛めてるみたいじゃねえか」

そう言うと、所長は千代の髪をぐしゃぐしゃとかき混ぜた。

「や、やめてくださいー」

千代は、ぐちゃぐちゃになった髪を手櫛で整える。

「そういえば、所長って笹木刑事のこと呼び捨てにしてましたけど、どういう関係なんですか？」

「ああ、俺の元部下だ」

「なるほど、だから右京さんとも知り合いで、駆けつけてくれたんですね――って元部下？」

ということは……。

「じゃあ所長って、元警察関係者？」

「何だ、知らなかったのか？」

「ええっ、えええー！」

こんなうさんくさい探偵事務所の不良所長が、元は警察関係者!?

「お前が出した痴漢の被害届をなかったことにしたのは誰だと思ってんだ？」

「え、あれって……だって、悪の組織が……右京さんが、そう言って……ええー!?」

「うるさいな、大声を出すな」

千代は、はっとして自分の口を塞いだ。

「目覚めに千代さんの声なら……ここは天国かな……」

少し掠れた声で右京が呟く。どうやら、千代の大声で起こしてしまったらしい。

「右京さん！」

右京は酸素マスクを自分で外し、千代に力なく微笑んだ。

腕を伸ばしてきたので、千代はその手を取る。

「傷は大丈夫ですか？　痛くないですか？　ごめんなさい。私が右京さんの言うことちゃんと聞いてたら――」

「……ってくれますか？」

右京が微かに唇を動かし何かを言った。

「え、何ですか？」

千代は右京の口元に耳を近づける。

「……責任取って、私と結婚してくれますか？」

そう聞こえたあと、耳たぶにチュ、と口づけされた。

「う、右京さんっ!!」

「だからうるさいって言ってるだろ、ここは病院だぞ！」

「だ、だって右京さんが――」

彼のしたことが見えていなかったのか、所長は千代だけを怒った。そんな様子を見て、右京は嬉しそうに微笑んでいる。

「ふふ、千代さんが元気で何よりです」

「もうっ」

千代は怒るに怒れず、椅子に座り直す。

「ずっと、心配してました」

けれど、ひと言だけ呟いた。

「私は……私を心配する千代さん以上に、千代さんを心配していました。もう勝手はしないでください」

「……ごめんなさい」

「あのとき、どうして寝室に閉じ込めなかったのかと悔やんでいます。でも、千代さんが怪我もなく無事でよかったです」

右京の心からの言葉に、千代は鼻の奥がツンとした。

「ったく、お前のせいで事後処理がいろいろと大変だがな！」

「本当に、すみませんでした！　って、何度も謝ってるじゃないですか!!」

千代は鼻をすすると、所長に対してむきになって言い返した。

「おら、さっさとコーヒーでも買ってこい。お前はそれくらいしか役に立たたん」

所長はポケットから出した小銭を押しつけると千代を病室から追い出した。

「もう！　自分で買いにいけばいいのに！」

ぶつぶつ言いながらも、右京のことを心配していた所長を思い出し、千代は溜飲《りゅういん》を下げた。

「ま、いっか。しばらくはふたりきりにしといてあげようっと」

鼻歌を歌いながら一階でエレベーターを降り、最初の曲がり角を曲がる。途端、目の前が黒一色に染まったかと思うと、背の高い男性と衝突した。

「ご、ごめんなさい」

「いや、こちらこそよそ見をしていた。怪我は？」

高級そうな黒いスーツ姿なのに違和感を感じたのは、ネクタイを締めていないからだろうか。髪をうしろに撫で付けていて、感情の見えない瞳は千代を見下ろしている。

「わたしは大丈夫です――わあ！」

千代は落ちていた大きな花束を急いで拾った。ぶつかった拍子にその男性が落としてしまったものらしい。

衝撃で花びらが何枚か落ち、見るも無残な姿になっている。

「ごめんなさい、ごめんなさい！」

「いや、気にしないでくれ。はい」

けれど、男性は怒るどころか、ぎこちなく微笑むと、花びらが綺麗に残っていた真ん中の一本を抜いて千代に手渡した。

「あの――」

「ぶつかってしまった詫びだ」

そう言うと、彼は去っていった。

千代はその後ろ姿を見送りながら、無意識に花に鼻を近づける。

「あ、いい香り」

ワインレッドの大人っぽい、美しいバラだった。まるで最愛の恋人に渡すようなロマンチックなもの――。

「しかもあの人、めちゃくちゃ格好よかったし……」

一輪のバラを見る。

「もらっちゃってよかったのかな……バラの花束なんて、恋人のお見舞いかな？」

そんなことを考えていた自分に気づき、千代は赤くなった頬を両手で押さえた。

＊＊＊

千代が出ていくと、所長はため息をついて扉を閉めた。

「いつから聞いてた？」

「目が覚めてからですよ」

所長のタバコを探す動作に気づき、右京は笑う。

「ここでタバコを吸ったら怒られますよ」

いつものくせで咥えてしまったらしく、所長は驚いた様子で手の中のタバコを見つめ、すぐに箱に押し込んだ。

「しかし、お前も不器用な奴だな」

所長は、先ほどまで千代が座っていた椅子を引き腰を下ろす。

「……約束したんです。千代さんは私が守ると」

「ストーカー事件のときのだろ。もう時効だ」

右京は微かに笑うと、窓の外を見た。

「約束に時効なんて存在しません」

「律儀なことだな。ガキの頃に約束を破られたことが、そんなにトラウマか？」

その問いに右京は答えなかった。

心地の良い沈黙を楽しんでいると、邪魔をするかのようにドアが開き、花束を持った男が入ってきた。

男は振り返った所長を見て、軽く頭を下げる。

「ご無沙汰しています」

「おう、お前か……」

所長は立ち上がると、タバコを吸ってくると言いながら外に出る。

「右京、お前はじっとしてろよ」

そう付け加えて。

扉が閉まるのを確認すると、男はバラの花束を右京のベッドに投げた。

「刺されたと聞いたが、生きていたのなら何よりだ」

ボルドーのバラの花束は誰かに踏まれでもしたのか包装紙は折れ、すでに花びらが散っていた。

男は右京を一瞥すると、窓辺に立って外を眺める。

「誰が呼んだんだ？　なぜ来た？」

「先ほど、蓮水千代に会った」

右京ははっと顔をあげる。

「どうして彼女を？」

「笹木は俺の部下だ。報告くらい受けている」

右京は拳を握り、押し黙った。

「親父が心配していたぞ」

「……悪趣味な花束だ。気色が悪い」

「同感だな。一番高い花束を、と言ったらこれを用意されたんだ」

男はフッと笑うと、出口に向かって歩き出す。

「お前はいつ家に戻るんだ？」

「あんたには関係ないだろ」

「そうか……そうだな」

男は静かに病室を出て行った。

ひとりになった右京は手で払うように花束を視界からどけた。それは窓ガラスに当たってベッドの下に落ちた。

「っ……」

腹部の激痛に耐えるように、シーツを固く握り締める。ゆっくりと深呼吸を繰り返しながら痛みをやり過ごしていると、パタパタと足音が聞こえてきた。

「ったくもう、所長のくせに！」

千代の呆れ声が聞こえ、ドアが勢いよく開く。

「あ、右京さん。りんごジュースとスポーツドリンクどっちがいいですか？」

能天気に尋ねる千代に、すっと自分の中の怒りが引いていくのがわかった。

「あの、右京さん？　何かありました？　怒ってます？」

「……はは。まいりましたね」

どうして彼女にはわかってしまうのだろうか――。

右京は笑顔を張り付けると、千代の方へ手を伸ばした。彼女は両手の飲み物を選びやすいように持ち上げながら近づいてくる。

「そうだ、さっき聞いたんですけど、今夜は流星群が見られるそうですよ。しかも新月だから、晴れてたらよく見えるんじゃないかって」

「じゃあ、一緒に夜空を見ませんか？」

ぐいと腕を引くと、よろけた千代がベッドに手を付いた。

その隙を見逃さず、千代の頬を撫でる。

「飲み物よりも、流星よりも、私は千代さんをずっと見ていたい」

「ちょ、右京さん——もう、ホントに怒りますよ!?」

照れているのか、それとも本当に怒っているのか、顔をまっ赤にする千代を見て、右京はやっと心の底から安堵の表情を浮かべた。

エピローグ

はらりと落ちる紅葉が秋の訪れを告げる。

「退院できてずいぶん嬉しそうですね」

落ち葉を踏む感触を楽しみながら、千代は隣の右京に声をかけた。

「はい、所長の陰謀で軟禁状態でしたが、やっと自由になりました」

本来なら自宅療養でもよかった期間を、家に帰れば療養なんてしない、傷口が開くだけだ、と所長が無理を言って入院期間を延長させた。所長なりに右京を心配してのことなのだろう。

現に彼は、術後たったの一日で家に帰ると駄々をこねて主治医を困らせたのだ。二日に一回、千代が見舞うという約束でやっと大人しくなったということは、言うまでもない。

「明日から仕事も再開させていただきますね」

「馬鹿野郎。明日は祝日だ。お前ひとりで仕事してろ」

はっとした顔で所長を見る右京に、千代は思わず噴き出した。

「ふふっ。わたしもお休みなので、ひとりで頑張ってくださいね。早く調子を取り戻さないといけませんからね！」

「千代さんまで、ひどいです」

そんなやり取りをしながら病院の駐車場まで歩き、探偵事務所が所有しているワゴン車のトランクを開けて、荷物を積む。

「入院中は、いろいろとありがとうございました」

「それ、さっきも聞きましたってば。元はと言えば、わたしが悪かったんです。怪我をさせてしまってごめんなさい」

「本当ですね。その言葉、私も先ほど聞きました」

クスクスと笑う右京は、一旦言葉を切ると横に立つ千代に向き直る。

「感謝しています。千代さんに面倒を見ていただけて、とても幸せでした」

右京の入院中、千代は彼の衣類を持ち帰って、洗濯をして届けたり、指示された本を図書館まで借りに行ったりというお使いも請け負っていた。

「幸せって……わたしはただ、入院生活が少しでも良くなるようにお手伝いをしただけですから」

「入院して三日後、私の身に付けるものが、すべて千代さんの匂いになってからは、まるでずっと千代さんに抱き締められているように感じていました」

「そ、そうですか……」

あまり気に留めず、同じ洗濯用洗剤と柔軟剤を使ってしまったのは失敗だったかもしれない、と千代は密かに後悔した。

「お礼がしたいのですが、少しよろしいでしょうか」

言いながら右京が千代に手を伸ばす。

「わあっ」

「髪に葉がついていました。私よりも先に千代さんに触れるなんて、許せませんね」

右京の手には、秋色に色づく前の、緑の葉。軽く口づけすると、彼はそれをジャケットの胸ポケットに大事そうにしまう。持ち帰るつもりらしい。

「もう、びっくりさせないでください」

「何を期待していたんですか？」

「なっ何もしてませんっ」

千代がむきになって言い返すと、車に寄りかかり煙草を吸っていた所長が火を消しながら叫んだ。

「おいコラ、右京、蓮水！　じゃれてねえでさっさと車に乗れ！　置いてくぞ！」

「待ってください、今乗りますってば！」

「あれ、千代さん……」

右京は驚いた様子で所長がいる方向に目を向けて、再び千代を見る。

「私が入院中に、所長と何があったのです？」

「え？　別に何もないですよ」

「そんなことはありません。所長が千代さんの名前を呼ぶなんて……私なんて、名前を呼んでもらうのに一年もかかったというのに。いつの間に仲良くなったのです？」

「全然仲良くなんてなってませんよ。やっと従業員の名前を覚えたんじゃないですか？」

「いいえ、確実に仲良くなっています。所長は、自分が認めた相手でないと名前では呼ばない人です」

右京は自信満々で断言した。

そうなのだろうか。横柄な態度も命令口調も事務所の散らかり具合も以前とまったく変わりはない。甚《はなは》だ疑問だが、右京が言うならそうなのかもしれない。

もしもそうなら、こんなに嬉しいことはない。

「くだらねえこと言ってんじゃねえぞ！」

会話が聞こえていたのか、運転席からそんな声がかかる。

笑いを堪えながら右京がトランクのドアを閉めると、すぐさまエンジンがかかった。

「贈り物があります。驚かせたいので、少しだけ目を閉じていただけませんか？」

千代が疑わしく見つめると、右京は信じてください、と柔らかく微笑む。

「……わかりました」

若干不安はあるものの、千代は素直に応じることにした。

相手は命の恩人だ。これまで何度も助けてもらった。少しくらいは信用してもいいのではないかと思ったのだ。

さわさわと風が頬を撫でる。

しばしの沈黙の中、肩に右京の手がかかる。首元をくすぐられるような感覚に、とうとう我慢ができずに身じろぎすると、不意に引き寄せられた。

そして、唇に何か柔らかいものが押し当てられる。

「――っ」

千代が目を開くと同時に、右京が唇を離した。

今、自分の身に何が起きたのかがわからなかった。

唇に当たった柔らかい感触は……？　目を見開き、硬直したまま右京を凝視する。

すると彼は真面目な表情のまま、角度を変えて再び千代に顔を寄せた。

唇が触れる寸前、はっとした千代が、右京の肩を押し返す。

「……さ、さ、最低です‼　信じたわたしが馬鹿でした！」

千代は、唇を押さえて顔をまっ赤にしながら叫ぶ。

「すみません、キスをねだられているような気がしてしまって」

「右京さんが目を閉じろって言ったからじゃないですか！」

そのとき、所長の運転するワゴン車が静かに前進しはじめた。

「え、あっ、やだ嘘！　待って！」

「おや、早く乗れと言われたのに、言うとおりにしなかったからでしょうか」

「待ってくださいよ所長！　まだ乗ってませんー！」

走って追いかけたが、車は駐車場の出入口で少しの間だけ停車して、そのまま左折して行ってしまった。

「仕方がありませんね。手を繋いで、歩いて帰りましょうか」

「歩いて⁉　ここから事務所まで一時間以上もあるんですよ！」

「気持ちの良い秋晴れです。散歩にはちょうどいいじゃないですか、ね？」

日の光を浴びながら、右京は眩いばかりの笑顔で千代に片手を差し伸べた。

「嫌です！　もう、右京さんなんて嫌いっ！」

叫ぶ千代の首元には、オープンハートのネックレスが同じように日の光を受けて控えめに輝いている。

千代がそれに気づくのは、いつだろうか――。

あとがき

初めましての方もお久しぶりの方もこんにちは、来栖《くるす》ゆきです。

この度、「小説家になろう」にて連載しておりました拙作『ハニートラップ！』がタイトルを一新し、素敵なイラストも付き、内容も大幅にグレードアップして書籍となりました！

この作品は、イケメンなのにいろいろと残念な探偵と、彼に翻弄されつつも逞しく生きていく女の子のお話が書きたいと思い、二〇一二年よりウェブで連載を始めたものになります。

男運が悪く変態に好かれるという特異体質（？）の持ち主・千代。見た目は男前なのに、千代に対しては変態発言が多く、ふた言目には口説き文句しか出てこない男・右京。ひょんなことから出会ったふたりですが、右京が千代を巻き込む形でストーリーは進んでいきます。はたして結末は――？

空気を読まないプロポーズや変態発言の数々。けれど、いざというときは格好いい姿を見せてくれる（はずの）右京を、どうか見捨てずに、愛していただければ嬉しいです。他にも、横柄で横暴で口の悪い探偵事務所の所長や、嫌々ながらも何かと国家権力を駆使して助けてくれる刑事も登場します。脇役も、魅力――というか、ひと癖もふた癖もある人物ばかりです。千代と共にハラハラドキドキしつつ、たまに笑いながら、最後にほっこりしていただけましたら恐悦至極でございます。

さてさて、実は私、今まで書き下ろし小説ばかりを書いていて、既存の作品が書籍化されたのは初めてだったりします。しかも謎解きを楽しむミステリー！　既にプロットもあり、文字数も足りているし、ストーリーも確立している……と甘く見積もっておりました。けれど蓋を開けてみれば、それはもう大変で大変で、締切に間に合わず、編集担当の方には大いに迷惑をかけました……。休日は一切の家事を放棄して原稿に集中させていただき、家族にも迷惑をかけました（小説が発売される頃には家族サービスに勤しむ予定です！）。が、お陰さまで、素敵な作品になったと思います。

最後になりましたが、執筆する上で必要な専門知識を与えてくれた妹と、編集担当の方。日々の生活をサポートしてくれた家族。心折れそうなときに何度も支えてくれた友人。連載中、一話投稿する度にコメントを書き込んでくださったなろうユーザーの皆さま。素敵なイラストで彩りを添えてくださったイラストレーターのけーしん様。そして、この本を手に取り最後まで読んでくださった読者の皆さま。

私を支えてくれたたくさんの方に感謝致します。

どうもありがとうございました。

二〇一六年三月　来栖ゆき

この物語はフィクションです。
実在の人物、団体等とは一切関係がありません。
刊行にあたり『お仕事小説コン』準グランプリ受賞作品、
『ハニートラップ！』を改題・加筆修正しました。

来栖ゆき先生へのファンレターの宛先

〒101-0003　東京都千代田区一ツ橋2-6-3　一ツ橋ビル2F
マイナビ出版　ファン文庫編集部
「来栖ゆき先生」係

Fan ファン文庫

謎解きよりも君をオトリに
～探偵・右京の不毛な推理～

2016年3月20日　初版第1刷発行

著　者　　来栖ゆき
発行者　　滝口直樹
編集　　水野亜里沙　定家励子（株式会社imago）
発行所　　株式会社マイナビ出版
〒101-0003　東京都千代田区一ツ橋2丁目6番3号 一ツ橋ビル2F
TEL　0480-38-6872（注文専用ダイヤル）
TEL　03-3556-2731（販売部）
TEL　03-3556-2733（編集部）
URL　http://book.mynavi.jp/

イラスト　けーしん
装　幀　関戸愛＋ベイブリッジ・スタジオ
フォーマット　ベイブリッジ・スタジオ
ＤＴＰ　株式会社エストール
印刷・製本　図書印刷株式会社

 ISBN978-4-8399-5818-3
Printed in Japan

Fan
ファン文庫

質屋からすのワケアリ帳簿　上
~大切なもの、引き取ります。~

著者／南潔
イラスト／冬臣

持ち込まれる物はいわく付き？
物に宿った記憶を探る——

「質屋からす」に持ち込まれる物はいわく付き？
金目の物より客の大切なものが欲しいという妖しい店主・烏島の秘密とは…？　ダーク系ミステリー。